死の接吻

RONSO fantasy collection

モシェ・スミランスキー 作

母袋 夏生 訳

論創社

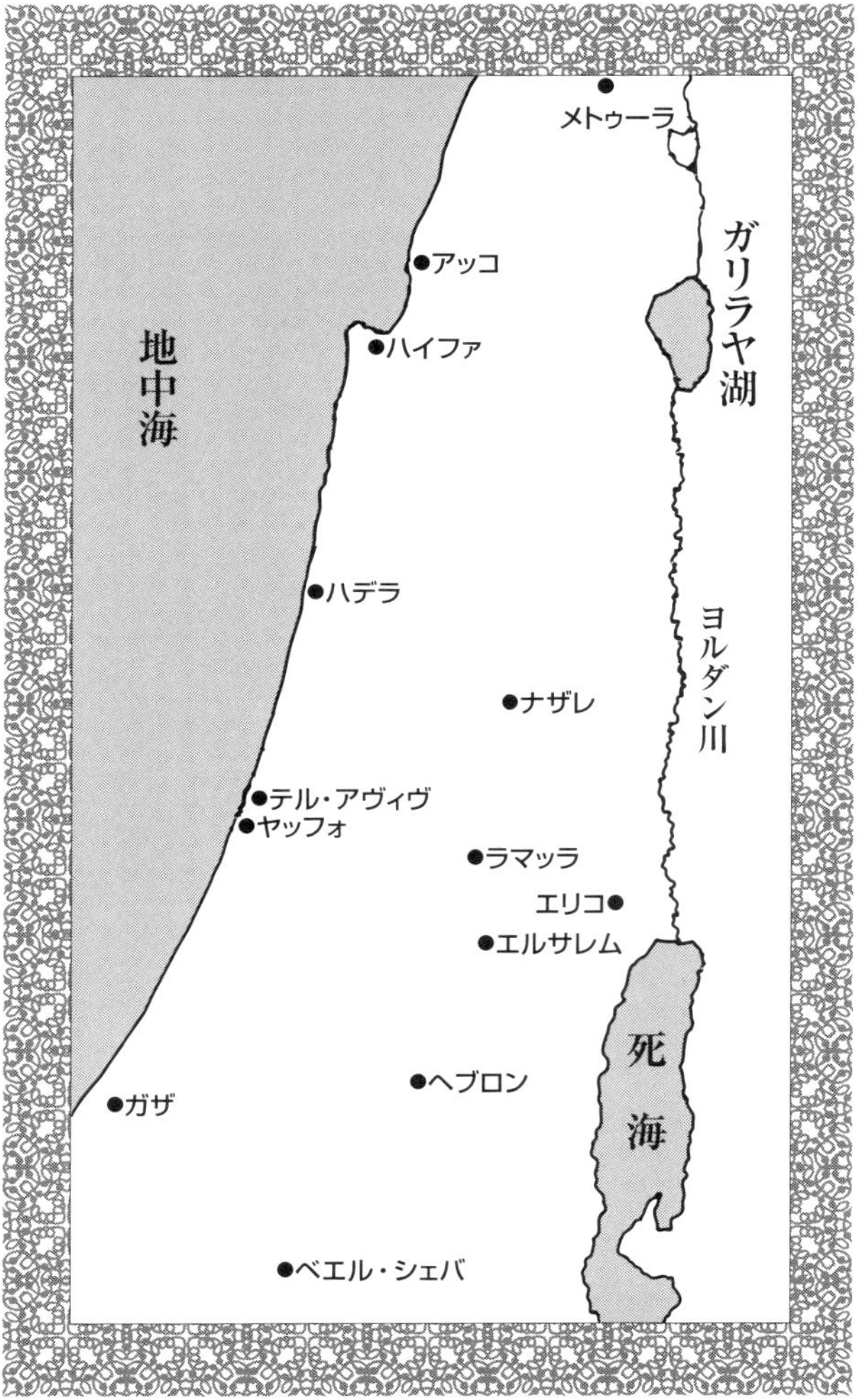
メトゥーラ
アッコ
ハイファ
地中海
ガリラヤ湖
ハデラ
ヨルダン川
ナザレ
テル・アヴィヴ
ヤッフォ
ラマッラ
エリコ
エルサレム
死海
ヘブロン
ガザ
ベエル・シェバ

目次

切絵　依田真吾

死の接吻

はるかむかし、ホロンにハリールという名のシャイフ〔部族の長〕がいた。ホロン中をさがしても、彼ほどの分限者《ぶげんしゃ》はどこにもいなかった。五、六年前に収穫した小麦や大麦が、家のすみからすみまで満たしてあふれ、天幕の土中には、金貨がぎっしりつまった壺《つぼ》がいくつも埋まっていた。

シャイフ・ハリールの所有地はきりもなく広大で、羊《ひつじ》や牛は海辺の砂のように数えきれなかった。馬は高貴なアラブの駿馬《しゅんめ》ばかりだったし、数多《あまた》いる配下の若者たちは頑健で荒々しく、大胆かつ勇猛で、幕営地からラクダにしろ鋸《のこぎり》にしろ、いや、靴のひもさえ盗もうとする者がないと噂《うわさ》されるほどの剛胆さで周囲をすくみあがらせていた。ホロンの住人たちはシャイフ・ハリールをほめたたえ、そしてまた、はげしく嫉妬《しっと》していた。

しかし、シャイフ・ハリールには、その富と同じくらい、大きな不幸があった。

長老たちはシャイフ・ハリールの不幸を口にするとき、荒れ地をながめながら、懼《おそ》れをこめて、ひっそりと小声になった。

「アスタグフィル・アッラーフル・アズィーム　偉大なるアッラーに赦《ゆる》しを乞いねがいます」

若者たちがシャイフ・ハリールの不幸を口にするときには、目がきらきらと輝き、軽い笑みが口もとに浮かんだが、それも一瞬で、たちまちに笑みは消え、なにゆえとも知らぬ羞恥《しゅうち》と、なにやら切ない思いにとらわれて、胸をどきどきさせるのだった。


シャイフ・ハリールの不幸はこうだった。

シャイフ・ハリールの息子たちは、すこやかに生まれ、鉄のように頑丈に育つのだが、十三歳になって女性に目をやると……とつぜん、死に見舞われてしまうのだった。

部族の栄光、ホロンの光輝だった長男は、そうして死んだ。ソロモン王のごとく賢く、まだ少年のうちから、長老たちがその意見を求めて列をなして訪れた次男も、同じように死んだ。そして、部族の最後の希望だった三男も同じように逝《い》った。

年老いたシャイフに第四子が誕生すると、長老や有力者たちがこぞっておとずれた。

「さあ、我らが最後の望みを、ともしびを、失わんようにするには、どうしたものか相談せずばなるまいて。シャイフはもはや高齢で、また男児をもうけられるかどうかわからん。この子が亡くなりでもしたら……だれがいったい我らが長《おさ》になってくれるのだろうか？」

長老や名士たちは三日三晩、相談に相談をかさね、ついに、奇跡を起こす偉い人としてアラブの人々にあまねく知られた聖ダルウィーシュ〔もともとはペルシャ語で貧しい人、托鉢僧の意味。イスラム神秘主義教団に属する修道僧〕を呼びに使いをだした。使いたちは国の果てまで七日間走りつづけた。

使いたちは二週間後、老ダルウィーシュをともなって戻ってきた。シャイフ・ハリールと長老たちは、部族がかかえた災難を老ダルウィーシュに語り、胸のうちにたまりこんだ哀しみをはき出した。

老ダルウィーシュはいった。

「みなさん、足を洗って全員で神に祈ってください。わたしも足を洗いましょう」

みんなは、老ダルウィーシュのことばに従った。

祈りのあと、老ダルウィーシュは天幕から長老たちを外に出し、シャイフ・ハリールとふたりきりになった。

老ダルウィーシュはシャイフのそばにいき、二言三言、その耳もとにささやいた。きびしいことばだったらしく、シャイフは深刻な面もちになって、おろおろと後じさりした。

「そのようなことが……できるのでしょうか？」こわごわと聞いた。

「もちろん、できますとも」老ダルウィーシュはいった。「すべては神の御手にあります」

老ダルウィーシュがなんといったのか、いまもってだれにもあかされていない。しかし、老ダルウィーシュが去ったあと、シャイフの天幕で起きたことは部族の者たちの心を震えあがらせるに充分だった。

女たちを追い出したのだ。みどりごの母親である妻でさえ、シャイフは追い出して遠ざけた。あわれな母親が泣き叫んでも、聞く耳をもたなかった。母親は地べたにはいつくばり、シャイフの足を涙のまじった砂でぬらした。シャイフはなにもいわず、前言をひるがえすこともなかった。母親は、たったひとり残った息子を無理やり奪われ、二十年あまり過ごした天幕を追われて出ていった。

シャイフは自らの天幕を部族の幕営地から遠く離れたところにはり、職務をしりぞき、すべての仕事をやめて、みどりごのうちに母親の胸から引き離された息子のために、ひたすら養育に没頭した。シャイフは自らの手でラクダの乳をしぼり、その乳を一滴ずつ幼子《おさなご》の口にたらして飲ませた。昼も夜も幼子の世話をした。シャイフと幼子は、ふたりきりで天幕で日を追って過ごし、年を重ねた。部族の幕営地の天幕を訪れることはなく、シャイフの天幕の周辺に女が足を踏み入れることもなかった。

幼子はすこやかで賢い、心根の美しい少年に育った。シャイフの天幕に部族の長老や有力者たちが集まるときには少年も加わり、長老たちの話に目を大きく見はって、熱心に耳を澄ました。少年のするどい質問や答えに万座は驚嘆した。少年の名はあまねくとどろきわたり、部族のだれもが少年を誇りにして喜んだ。

にもかかわらず、その誇りや喜びにはひそかな不安や気がかりがこめられていた。

少年の行く末は、このまま、安泰だろうか？

少年は、もの思う若い日々をむかえた。天幕をおとずれる人たちと父親は、懼《おそ》れと不安ないまぜに、彼を見つめた。そして、その顔に寂寥《せきりょう》の影をみとめると嘆息をついてささやきあった。しかし、若者本人はもの静かにおだやかに過ごしていた。彼の心はまだ人を恋うことを知らず、魂が震えることもなかったのだ。

一年が過ぎ、十三歳の年が終わりにさしかかるころ、シャイフ・ハリールは部族の男たちやホロンのシャイフたちを招いて宴《うたげ》をもよおした。

シャイフ・ハリールはかつての職務に徐々にもどりはじめ、民の必要に応じて裁判もてがけるようになった。父親のかたわらで息子は仕事を手伝った。

シャイフ・ハリールも部族の人々も胸をなでおろした。今度ばかりは神が我らをあわれんでくださった、悲劇は避けられた、と安堵《あんど》した。だが、神はそう思っていなかった。


あるとき、シャイフの息子が胸のときめきをあらわに、青ざめて動揺しきった面もちで、父親のもとにやってきた。

「父上、見たのです」

父親は息子をみて動揺しながら立ちあがり、不安げに聞いた。

「幕営地のほうに行ったのか？　あっちには行くなとあれほど命じておったのに……なぜ、命令にそむいたのだ？」

「ご命令にはそむいていません。父上、野にでたら、天幕のほうが見えたのです」

「それで、なにが見えた？」

「男のかたちをした、けれど、男の身なりをしていない人間です。畑から、穀物束を頭にのせて歩いていました。その姿を見たら、胸がどきどきはげしく打ちだして、自分を抑えきれなくなって、あとをつけて幕営地まで行ってしまいました」

「それで？」

「その人は天幕の群れに姿を消し、わたしはひとり残されてしまいました。なんだか胸がずっしり重くて、それで、父上にお伝えしにきたのです……」

シャイフ・ハリールの顔は哀しみに曇った。急にひたいのしわが、深く刻みこまれたようだった。

「息子よ、この天幕から遠くに行ってはいけない。それに、ああいう姿をした人間をふたたび見ようとしてはならん。おまえの魂に害をおよぼす」

「なぜです？　父上」

「人の姿をしたサタンだからだ。触れると穢《けが》れるのだ」

息子はふたたび天幕を出ることはなく、シャイフは最初のころのように息子をしっかり見はった。

しかし、すでにことはなされてしまっていた……。

夜々、息子が眠られずに輾転反側《てんてんはんそく》する物音を老人は耳にした。老人の心はおののき震え、おちおち休んでなどいられなかった。

「どうした、おまえ！」

「父上こそ、どうなさいました？」

「なぜ、眠らない？」

「眠れないのです」

「どうして？」

「サタンが……」

「起きて祈りなさい」

老人と息子はひざまずくと熱い涙をながし、身を投げ出して、心の奥底からの祈りを捧げた。

ふたたび床についたが、息子の溜め息がふたたび老人の耳をうった。

そんな眠れぬ夜々が続いた。

ある晩、老人が耳をすますと、やれうれしや、息子の寝息が聞こえてきた。

「アッラーのお慈悲だ！」

シャイフは心底安堵して、自分の目にも安息を与えようと毛布をかぶった。

と、いきなり息子が悲鳴をあげた。シャイフはサソリに刺されたみたいに飛び起きた。

「どうした、悲鳴なんぞあげて？」シャイフは息子を心配した。

「父上……父上……眠っておりました……幾晩も眠らなかったので……そしたら、夢のなかでサタンがわたしの方にむかってきたのです。近づいて、わたしにぴったり寄りそって、だから、わたしはサタンに接吻《せっぷん》を……」

「なんだと？」

「接吻しようとしたら、サタンが身をかわして逃げたので、追いかけたら倒れて……悲鳴をあげてしまったのです」

老人はうなだれた。熱い涙がこぼれ落ちた。……骨をしゃぶり、心の髄《ずい》まで吸いつくすというのか。なんとおぞましいことか！　聾唖《ろうあ》者のささやきのような声が聞こえた。

〈いままでの苦労も水の泡、今までの犠牲もすべて無駄だったな〉

この子も、先立った三人の息子と同じになってしまうのだろうか……。


つぎの日、シャイフは長老たちと脱穀場にいくまえに、家を出てはならぬ、と息子に命じた。帰ってくると、息子の姿はなかった……そして息子は、漆喰《しっくい》のように蒼白《そうはく》になって、手足をぶるぶる震わせて戻ってきた。

「どこに行っていた？」

「ご命令を守れませんでした。サタンに引きずられて……」

「どこに行った？」

「幕営地に……行って、……見つけたのです……」

「それで？」

「接吻しました」

息子の目がとつぜん炎のようにきらめいた。

その瞬間、息子は顔をあげ、凛《りん》として背をすっくと伸ばした。

息子は父親にいった。

「父上、わたしはすべてを知っています……なぜ、わたしを騙《だま》したのです？」

「騙《だま》しはしない、すべては神の御業だ、神がなされたことだ」

シャイフの胸にあらたに希望が芽生えた。ひょっとしたら、神が憐《あわ》れまれて息子の運命を変えてくださったのかもしれない。接吻したというのに、こうして、生きているではないか……。

いずれにしても、シャイフは息子の一挙手一投足を見守ろうと、もう天幕を離れようとはしなかった。

息子は日に日を追って衰えていった。夜になっても眠ることなく、昼はなにも口にしなかった。老人の目は、疲れのあまりにつぶれた。

ある朝息子は、哀願をこめた面もちで父親の前に立った。

「父上、これ以上堪えられません。どうか、もう一度だけ行かせてください」

老人は頭をたれた。つらい思いが脳裏をかすめた。しかし、老人はいった。

「行くがいい！」

息子は出かけた。戻ってきた息子の目は艶《つや》を帯び、昂揚《こうよう》しきってきらきらと輝き、身体全体もぐんと大きくなったようだった……。老人の胸に芽生えた希望はいっそう強まった。

これで、二度目だ。息子は生きている——神がお慈悲をかけてくださったのだ。

〈どうか、わたしにわかる御《み》しるしをください〉と老人は祈った。心のなかでつぶやいた。三回まで試して生きていたら——それこそ、神が息子の運命を変えてくださった御しるしと受け止めよう、と。

つぎの日、息子は前にも増して哀《かな》しげに、前にも増して弱々しくなった。顔色は死人のように青ざめ、血の最後の一滴までなくなったみたいにくちびるが白茶け、目からは光が消え、かわりに影がさした。

老人は息子を見守り、神の御しるしを待った。

息子がふたたび父親の前に立った。

「父上、我慢できません……」

「だが、おまえ、気をつけておくれ。自分の心を抑えることはできないのか。なんとかならないのかね」

「父上、もう一回だけ、最後の接吻です。それ以上は繰り返しません」

「神と預言者のご加護のあらんことを！」

老人は溜め息をつき、息子は出かけた。

老人がいくら待っても、息子は戻ってこなかった。老人は心配のあまりに天幕の外に出て、目にした光景にうろたえた。

遠くに、こっちに向かってくる人の群れが見えた。担架代わりに手を組みあわせた上に人らしきものを載せている。老人はくずおれそうになった身を、なんとか立て直した。

〈生きているのか、死んでいるのか〉

頭のなかを怖ろしい考えが矢のようにめぐった。胸が氷のように冷たくなった。

人々は黙したまま天幕に入ると、息子を横たえた。息子は生きていた。目はきらめいて燃えあがり、顔面には魂の名残《なごり》がただよっていた。息子は父親を見つめた。胸を打つ、たいそう哀しげな、深いふかい眼差《まなざ》しだった。

「どうした、おまえ?」

息子はなにもいわなかった。

肉体は刻々と死にむかっていたが、魂とまなざしは生きていた。

そして、朝の光とともに魂が飛びたった。

部族じゅうが喪に服した。女たちは哀悼の哭《な》き声をあげ、男たちは叫んだ。

シャイフ・ハリールは黙していた。息子の墓からの帰り道でも黙していた。そして、かつて天幕を構えていた場所を通りかかると、しばしたたずんでいたが……いきなり、手にしていた太い杖を振りあげ、天にむかって妙な声で叫んだ。

「嘘だ、神などいない!」

人々は懼《おそ》れおののいて、シャイフ・ハリールのそばを離れた。

ダルウィーシュたちがやってきてシャイフ・ハリールを見つめ、大声できびしくたしなめた。

「黙らっしゃい！」

しかし、シャイフ・ハリールは黙らなかった。神をののしり、預言者を罵倒《ばとう》した。

ダルウィーシュたちは叫んだ。

「シャイフは、サタンに乗っ取られたぞ。石で打て！」

部族の人々はシャイフ・ハリールに石を投げ、天幕の下に穴を掘った。

穴に死骸《しがい》を投げ入れ、石で覆《おお》い、小石の山を積みあげた。


いまなお、ホロンには小石の山がある。

青い瞳

美しい春の日。

太陽はすでにユダ山脈のうえにかかり、暖気があがって、香りに満ちた心地よいぬくもりが広がっていた。ほっこりと心がふくらみ、魂が軽やかになっていく。まるで、ひと息吸うたびに新しい命の波が胸深くに入っていくようで……空はあくまでも透明に青く澄んでいた。

青い靄《もや》にくるまれたユダ山脈が、周囲を睥睨《へいげい》してそびえている。空気は軽やかにはためき、ころころ転がり……あたりは一面の緑だった。大麦がすでに穂をそろえ、小麦は湿り気を帯びてまるまると肥えている。鳥たちがチイチイ鳴きながら麦畑を飛んでいる。さわやかに西風がとおりぬけると、麦の穂がゆっくりと揺れた。詩のごとく、すべてが安寧《あんねい》で美しかった。

ヤッフォからガザに向かう街道を、美々しい白の雌馬にまたがった若いベドウィンが行く。白絹のクーフィーヤ〔砂塵や暑熱を防ぐために頭にかぶる四角い布〕を頭にかぶって黒いイカール〔クーフィーヤを留める輪〕でとめている。薄手の黒いアバーヤ〔長衣〕の両端が白馬の両わきに垂れていた。クーフィーヤで顔はおおわれ、濡れたように輝く黒い目だけがのぞいている。見事な白馬が跳びはね、乗り手が白馬を止めた。

それがラジーブ、裕福なシャイフ〔部族の長〕の子息だった。父とその部族は、ガザから三日ほどの距離に居を定めていた。

ラジーブは、生まれてはじめて港湾都市ヤッフォに出かけた。父のシャイフに、穀類を売ってこい、と使いに出されたのだ。そして、いま帰途につくところだった。太陽がのぼる前に、ラクダのキャラバンはヤッフォを出発した。ラジーブは〈都〉で見たすべてに胸おどらせていた。いちばん心を惹《ひ》かれたのは海の沖をいく船だった、そして、父のキャラバンよりずっと馬力のある蒸気機関車、それに異国の女たち。頭も顔も隠さず露出させたまま、男たちと対等に話していた女たち……。

白馬に乗りながらラジーブはああだこうだと思いをめぐらし、もの思いにふけった。ラジーブは白馬に腹を立てた。この白馬はなぜまた跳びはねて、せっかくの夢想の邪魔をするのだろう？

白馬は、主人の気持ちを推しはかりかねて、苛立《いらだ》った。ご主人さまったら、いきなりどうしたっていうの？　いつだって、わたしが跳びはねるとたいそう喜んでくれるのに……。

白馬だけではなかった、その乗り手もまた、魂が、心が、なぜこんなに騒ぐのかわからなかった。

じつをいうと、ヤッフォで目にしたことを考えてはいたが、魂が騒ぐのはそのせいではなかった。

目の前に浮かぶ船や機関車のあいだから、青くて大きな瞳がちらちらと見えた……空のように、そして海の深みに増して、いっそう深く、青い瞳。じっと見つめれば見つめるほど――より深く、より青くなっていく瞳の色だった。どこで見かけた瞳だろう？

そして、思い出したのだ。

ヤッフォに着く二日前のことだった。ラジーブとキャラバンはユダ山脈と平地への道をとった。ロッドからヤッフォに向かう道はカフラナを抜ける。ラジーブたちは、カフラナでキャラバンをとめて水を飲んだ。そこで、青い瞳に出会ったのだ。

娘は水がめを頭にのせて井戸にいた。青い瞳には、おどろきと懼《おそ》れがあふれていた。

そのとき、ラジーブは未知の港岸都市ヤッフォに思いをつのらせていたので、娘のこと

は気にもとめなかった。

ヤッフォでは忙しく過ごした。穀類を売りさばき、あちこちを歩きまわった。なんでもかんでも見たくて、カフラナのことは思いだしもしなかった。

なのに、最後の夜、ふとカフラナを思いだし――心が騒いだ。帰途につく日の明け方、従者たちに起こされると、彼らを怒鳴りつけ、あとで追いつくからと先に発たせた。なぜ腹が立ったのか、なぜ怒鳴ったのか、なぜ先に行かせたのか――自分でもわからなかった。キャラバンが発《た》ったあと起きだして、白馬に鞍《くら》をおいた。いつもとはちがう乗り方で、白馬もいつもとはちがうと感じていた。ヤアゾルの木立を抜けると広々とした空き地が見え、東のほうに小さくカフラナが見えだすと、両足で白馬を圧《お》し、東にむかって矢のように飛び出した。

お昼過ぎに、ラジーブはキャラバンに追いついた。晴ればれした気分で白馬も元気いっぱいだった。

「サラーム・アレイコム　こんにちは」明るい声で使用人たちに声をかけた。

「ワ・アレイコム・エル・サラーム　こんにちは」キャラバンの長《おさ》が、むっとした口調で挨拶《あいさつ》を返した。

キャラバンの長は背がひょろひょろと高くて痩《や》せた、山羊《やぎ》のようなひげをはやした老人で、その目に、若い主人のふるまいは正しく映らなかったのだ。若い従者たちはなにもいわない。ラジーブはなにも気づかなかった。あるいは気づかないふりをした。

「サリーム」――それがキャラバンの長である、老人の名だった――「サリーム、青空のもとの青空を見たことがあるかい？」

「神は一つ、空も一つ。二つとはありませんな」老人は腹立たしげに応えた。

「だけど、わたしは見たぞ！」ラジーブはそう叫んで白馬の腹を圧《お》した。白馬はサソリに噛《か》まれたみたいに宙を蹴《け》って飛びあがった。

サリーム老人は哀しげに若主人と白馬をながめて首をふった。

「サリーム、青い目のアラブの娘を見たことがあるかい？」ラジーブはまた聞いた。

「目が衰えてしまったので、色の区別などつきませんわい」

「青い目？」若い従者たちが、あきれたようにいった。「黒はアッラーの夜、そして、アッラーの民の娘たちは黒い瞳と決まっています」

「だが、わたしは見たぞ！　カフラナのシャイフの娘の瞳だ！」

「カフラナですと……」サリーム老人はラジーブの思いに気づいた。

カフラナはドイツ人キリスト教徒の居住地から遠くない。

――ドイツ人居住地の鳩どもがカフラナのゴミ箱をあさっていると聞いたことはあるが……。

サリーム老人の口もとに、苦々しい笑みが浮かんで消えた。

ラジーブは老人の苦笑に気づかなかった。アバーヤの端を首までまくりあげ、白馬を蹴って風のように飛び出した。砂煙だけがあとに残った。

「アスタグフィル・アッラーフル・アズィーム　偉大なるアッラーに赦《ゆる》しを乞う」

サリーム老人は叫んで天をあおいだ。

若い従者たちがあとに続いた。

「ラー・イラーハ・イッラッラー、ムハンマド・ラスールッラー　アッラー以外に神はなく、ムハンマドは神の使者なり」

ユダ山脈の南に拡がる野にラジーブの父、シャイフ・ムスタファの天幕が二列に張られて並んでいた。

はるか地平線まで見渡せる広大な野いっぱいに畑地が続いていた。東のかなた遠くにヘブロン山地が靄《もや》にかすんでいる。畑は丈高く育った大麦畑で、たわわに実った穂が波打っていた。

太陽が西に傾くころ、ラジーブはキャラバンたちと天幕についた。女たちがパンを焼く煙があがっていた。天幕の列の裏手には白くて長い毛の羊《ひつじ》の群が、そしてもう一方にはラクダたちがうずくまり、あちこちの天幕につながれた馬が大麦を食《は》み、牛たちが乳の匂いを振りまいていた。

絨毯《じゅうたん》がしかれた部族の長の大天幕では、長老たちがひざまずいて夕べの祈りを捧げていた。ラジーブと従者たちは祈りが終わるまで待ち、それから――年輩者を先頭に――シャイフに近づいて、その手に接吻《せっぷん》し、幸運な夕べを祝した。ラジーブはいちばん若かったので、いちばん最後に父親の手に接吻した。シャイフ・ムスタファは誇らしげに一人息子を見やった。

シャイフ・ムスタファはたいそう美丈夫な老人だった。たっぷりと長いひげをたくわえ、秀でたひたいと若者のようにきらきら輝く目をしていた。

「わが息子は、〈都〉でなにを見たのかな？」老シャイフはうれしげに口もとに笑みをたたえて聞いた。

「カフラナで、あなたの息子は〈都〉で見たものに勝《まさ》るものをみつけました！」ラジーブはそう応えて、祈りをこめて父のシャイフをみつめた。

老シャイフは呆れたように息子をみやり、キャラバンの長だったサリーム老人に目をうつした。信頼する老従者の顔が漆喰《しっくい》のように白くなった。

「息子がなにをほのめかしているのか、説明しておくれでないか」

「ご子息は、カフラナでアッラーの空のごとく青い目の娘に会われたのでございます」

「ベドウィンの娘か？」

「いえ……カフラナのシャイフの娘で……農民でございます」

老シャイフの顔が猛々しくゆがんだ。目が燃えあがり、右手がふるえた。

「いいか、おまえ、父親のことばをちゃんと聞け！　太陽が東からのぼり、西に沈むあいだは、シャイフ・ムスタファの息子は断じて百姓の娘を嫁にしない」きびしい声だった。

同席していた人々は肩を落として天幕をあとにした。

ラジーブの恋の噂《うわさ》は、天幕を縫って伝わっていった。

嫉妬《しっと》と憤りのこもった黒い瞳が、ラジーブのあとを追いまわした。サリーム老人の娘の瞳だった。娘はその黒い瞳で、いつも、やさしさとあたたかみにあふれた愛でラジーブを守ってきていたのだった。

シャイフ・ムスタファが客人を迎えて屠《ほう》った羊の馳走にあずかろうと、天幕中の男たちが集った夕べ、その場を支配するのは沈黙ばかりだった。重苦しい静けさ。ラジーブの顔は蒼白《そうはく》だった。


夜半過ぎ、天幕中がぐっすりと眠りをむさぼるころ、天幕の裏手で、老ムスタファとサリーム老人はひそひそ話しこんだ。ときおり、ほおっと深い溜め息がシャイフ・ムスタファの口からもれた。

「はやく忘れろ、とおっしゃってください」サリーム老人が小声でうながした。

そういわれると、シャイフ・ムスタファはうろたえて後じさった。

「わしの口からはいえない」シャイフはいった。

「わたしは怖いのです。怒りのあまりに殺されてしまいます」サリーム老人はいった。


ラジーブはますます青ざめ、その顔は、はげしく深い悲嘆でおおわれた。

大麦の収穫が迫っていたが、ラジーブの心は楽しまなかった。羊の毛の刈り込みがはじまっても、落ち着かなかった。ラジーブが通りかかるたびに白馬がいないたが、主《ぬし》のラジーブは気にも留めなかった。

ラジーブは、うつらうつとしたまなざしで、青い空と北のかなたをみやっては溜め息をついた。

「なぜ、そんなに嘆き悲しむのだ？　まるで、父親のわたしが亡くなったみたいではないか」父のシャイフがいった。

「大麦を見たかね？　アッラーが雨を降らす前に涸《か》れてしまうぞ」シャイフ・ムスタファはことばを重ねた。

「東にでも南にでも出かけて、立派なベドウィンの大シャイフたちに会い、おまえの雨となって潤《うるお》してくれる娘をさがしなさい」

「雨は北からやってきてふるもので、東や南からはまいりません……」

シャイフ・ムスタファは息子を凝視したまましばらく立ちつくし、しかし、もうなにもいわなかった。


シャイフ・ムスタファがいいたくなかったこと、そして、サリーム老人が怖れて口にしなかったことを、サリーム老人の娘がラジーブに告げた。娘はいいたくてたまらなかったのだ。ラジーブの顔にはげしい言葉を投げつけたくてたまらなかったのだ。サリーム老人の娘は、彼女の心をズタズタに引き裂いたラジーブが、カフラナの娘を忘れられないラジーブが、ゆるせなかった。

ある夜、月がのぼるころ、サリーム老人の娘は、あらいざらいをぶちまけた。

娘は天幕の裏手を過ぎていく足音に耳をすませた。ラジーブは夜になると天幕の裏手に出ては、地べたにすわりこんで、青い空をながめていた。

「ラジーブ、ラジーブったら」

「だれだ？」

「わたし……」

「どうした？　何かほしいのかい？」

「わたし、知りたいのよ。青い瞳のほうが、黒い瞳より美しいのかどうか」

「好きになってしまったから」

「なぜ？」

「わからない」

「青い目のアラブ娘を見たことあるの？」

「だって、カフラナのシャイフの娘はアラブの娘だろう？」

「ちがうのよ」

「だって、シャイフはイスラム教徒で、その農夫の娘だ……」

「でも、あの娘はそうじゃない……」

「どうして？」

ラジーブの声に、懼《おそ》れがかすかにまじった。サリーム老人の娘はいきなり笑い声を荒々しくあげた。

「なぜ、笑う？」

娘はもっと笑った。

「なぜ笑う？　説明してくれ」ラジーブは腹立たしげに怒鳴った。

娘はそばによってカフラナの娘の素性《すじょう》を耳もとでささやいた。ラジーブは痛手を負ったように後じさり、顔が死をまとった。

娘は、復讐と勝利に、目をキラキラと輝かせた。

ラジーブはもう天を仰ぐことも、北の方をながめることもしなくなった。

ますますうち沈み、ますます青ざめた。病者のように膝をがくがくさせて歩いた。ついには正真正銘の病者になった。

大麦の収穫はまだ終わらなかったが、ラジーブはもはや天幕を出ることさえかなわなくなった。一日中ふせっていた。

そして、大麦が穀物倉に収められるころ——ラジーブもまた、冷たい大地におさめられた。

ハーフィズ

ハーフィズは、ひなびた小村で生まれた。南ユダ山地の、からからに乾いた岩地の斜面に鳥の巣のようにかたまった、十軒ほどの村――それが、ハーフィズの村だった。

高い山々や深い谷間や崖が村をかこみ、村を世界からへだてていた。小さな村は幹線道路から遠く、くねくねとうねった道を抜けていかないと主道にはたどりつけない。めったに人は訪れなかったし、訪れる気配さえなかった。世界はこの村の存在を知らず、村は世界の存在を知らなかった……。太陽さえ、この村をじっくり眺めることが少なかった。陽がさすのは、お昼のほんのいっときだけだった。朝、陽がのぼっても、東側の山が邪魔になって村には陽ざしがとどかない。夕刻になると、西側からいちはやく夕やみに閉ざされる。太陽の光は山々を、丘のつらなりを、岩肌を、じっくり長い時間あたため――しかし、村はぼんやりとうす暗がりに沈んだままだった。

種を蒔《ま》いて育てる畑地を、村の人々はもっていなかった。乾いた岩地にすじ状にできた砂地を、村人たちは家畜の助けをかりずに自分たちの手で耕し、そこから採《と》れるわずかな実りで一年をなんとかしのいだ。

そのかわり、村には羊《ひつじ》がたくさんいた。子羊たちが小悪魔のように岩をぬって跳び、切りたった崖を駆けのぼり、あちこちでたっぷり餌《えさ》を食《は》み――おかげで、村人たちは羊飼いとして暮らしていけた。

世界から遠く離れたたたずまいながら、村人たちはある人物については、しきりに話題にした。イブラヒーム・パシャの話だった。

イブラヒーム・パシャの英雄譚《えいゆうたん》が村人たちは大好きだった。がっしり根を張った岩陰に老人たちは集い、村の子どもたちが、その老人たちを囲むように立ち並んで、話に聞きいった。イブラヒーム・パシャの勇敢なおこないや、この国でおこなった改革の話。レバノンのスルタンや王子たちがイブラヒーム・パシャのテーブルのまわりに召使いのようにはべった――という話を、みんなは固唾《かたず》を呑んで聞きいるのだった。

話を仕切ったのは、ハーフィズの父親のサーリフだった。サーリフはイブラヒーム・パシャの旗のもと、アッコまで、ヘルモン山まで、スルタンの都のダマスカスまで、ついていって戦ったのだ。

サーリフはイブラヒーム・パシャの馬についても語った。それはサーリフが生まれてはじめて見た馬で、嵐のごとく天《あま》がけ、追いかけても追いつかない、だれも触れることさえできない、弾丸さえ当たらない馬だった。

サーリフはまたイブラヒーム・パシャの鉄砲について、その素晴らしさ、見事さをたとえをあげて語った。

いったい何発撃ったものか、弾丸の数だけでもすごい数だ。しかも、一度も、ほんとに一度も的をはずしたことがない、そんじょそこらにはない、すぐれものだった！

サーリフの話を聞くたびに、車座になった村人たちは老いも若きも、そのつど、はじめて聞くというふうに口をあんぐり開けて引きこまれ、ひと言も口を挟まなかった。証言者たる周囲の磐岩《いわ》もサーリフの話に驚嘆して聞き惚《ほ》れた。イブラヒーム・パシャはまことの軍人だ、とだれもが賛嘆を惜しまなかった。

そして、ハーフィズ少年も父サーリフの話を聞いて、イブラヒーム・パシャを夢見て育った。

雄羊にまたがり、角をつかんで岩のあいだを跳びこえるときなど、イブラヒーム・パシャの馬にまたがって疾駆《しっく》する我が身を想像した。

そして、イブラヒーム・パシャ由来の鉄砲を、願いかなって手にする自分の姿を思い描いた。

サーリフが亡くなると、ハーフィズはイブラヒーム・パシャの旗のもとで父親が戦ったという鉄砲を受け継いだ。村の男たちはみんなハーフィズを羨《うらや》んだ。ハーフィズは手にしたものの価値をよく知り、この大事な火器の使い方をじっくり学んだ。たしかに、近隣の山に点在する村々の鉄砲とはくらべものにならないすぐれものだった。いつしか鉄砲のことが拡まった。ハーフィズは鉄砲にぞっこんで、自分の瞳にも増して鉄砲を後生大事に守った。

長じて、ハーフィズは結婚して子をなした。妻も子も愛していたが、みんなにはよくわかっていた。

〈ハーフィズは、妻も子どもも羊も大事にしているが、なにより鉄砲を後生大事にしている〉と。

たしかにハーフィズは鉄砲を愛していた――それに、彼の話によると、鉄砲は一度も的をはずしたことがなかった。そして、雌熊を撃ち殺したある日、ハーフィズと鉄砲の名声は、ついに村境を越えて拡まっていった。

何年も前から村には雌熊が出没していた。何度撃っても当たらなかった。村人たちは、魔法使いか悪霊か、なにかが雌熊に化けているのではないかとあやぶんだ。

村中がこわがって、夜にはひとり歩きができなくなると、とうとう、ハーフィズは熊撃ちを志願してでた。一晩中、ハーフィズと羊飼い仲間は岩地の洞窟のそばで待ち伏せして過ごした。そして、洞窟から熊が出てきた瞬間、ハーフィズは撃った——最初の一発で、熊はしとめられた。

そこで、だれもが納得したのだ——ハーフィズの鉄砲は、並の鉄砲なんかとはくらべものにならない、と。

その後も、ハーフィズの鉄砲はくり返し試練に耐え、そのたびに勝利をおさめた。ハーフィズは何度も熊に脅かされている村々によばれ、鉄砲をもっていっては人々を救った。幾晩も熊の穴のそばで待ち伏せした。熊が出てこないこともあったが、出てくれば——ハーフィズの弾が仕とめて倒した。

ハーフィズの名前と鉄砲は遠くまでとどろいた。ハーフィズの名を口にする者は、かな

らず鉄砲のことにもふれ、その二つが分かたれることは決してなかった。

あるシャイフ〔部族の長〕がハーフィズの鉄砲の噂《うわさ》を聞きつけて、むくむくと所有欲をかきたてられた。

このシャイフは、あたり一帯をおさめる裕福な、だが、強引な男だった。

シャイフはハーフィズを呼びつけた。

「鉄砲を売ってくれまいか。金は存分に払うから」

ハーフィズは胸のうちで笑いながら、なにもいわなかった。

「金貨十枚でどうだ！」お大尽のシャイフは声をはりあげた。

これまでの人生で一度も耳にしたことのない、思い描いたことさえない金額に、ハーフィズは腰も抜かさんばかりに仰天した。しばらく、うつむいて考えた。それから――顔をあげると、シャイフをまっすぐ見つめていった。

「いえ、お断りします」

怒ったシャイフのもとを、鉄砲をしっかり抱きしめ、しかし、大枚をふいにしてしまった、というささかの落胆もかかえてハーフィズは退出した。

二十五年というもの、ハーフィズに忠実につかえてきた鉄砲だった。どうして、金と交換できよう。

さまざまな噂がとびかうようになった。人づての話によると、優れものの新式銃が発明されたという。しかし、ハーフィズは、自分がいま持っているものよりいい鉄砲は出てきっこない、イブラヒーム・パシャの時代だからこそ、こういう最良品が作られた、と信じていた。

ぜったい！

だれにもこいつを渡すもんか。どんなに、金を積まれたってな！

例のシャイフはハーフィズの鉄砲を忘れなかった。そして、胸に怒りを溜《た》め込んだ。

ハーフィズの長男が兵役につく時期がきた。

シャイフはまたハーフィズを呼びつけた。

「例の鉄砲を寄こしたら、それを肩替りにして、おまえの長男が軍隊にとられないようにはからってやろう」

ハーフィズはシャイフの申し出に、呆然《ぼうぜん》とたちつくした。息子と妻を思い、息子を助けよう、助けなければと鉄砲に手をのばした。シャイフに渡そうと鉄砲に手がふれたとたん、ズキンと胸が痛んだ。鉄砲に対する徳義の痛みだったのだろうか——。

まっすぐ顔をあげると、ハーフィズはいった。

「いや、なりません。渡せません」

シャイフの顔が恥辱《ちじょく》でくもった。

「それでは、達者でな」しばらくして、シャイフはいった。

ハーフィズははげしく苦悶《くもん》した。生まれてはじめて、精神的な重圧に苦悩した。妻は長男の肩替りとして鉄砲をシャイフに渡してくださいと泣いて懇願し、長男はなにもいわなかったが、父親を哀願と期待の入りまじったまなざしで見つめた。妻の涙も息子の視線もハーフィズにはつらかった。寝ても覚めても、彼自身が自問を続けていたのだ。

だが、ついに、今回も鉄砲が勝利をおさめた。

ハーフィズはだれにも鉄砲を渡さなかった——そして、長男は軍隊に入った。

長男をつれに軍人がやってくると、ハーフィズは真っ青になった。真っ青になったが、涙はこぼさなかった。

ハーフィズはつぎからつぎへと災難に襲《おそ》われた。

熊を撃ってほしい、と遠いヘブロン近郊の村に呼ばれた。近辺を荒らしまわる熊で、だれにも撃ちとめられないという。村にハーフィズが着くと、村人たちはハーフィズの古びた鉄砲に驚愕《きょうがく》し、新しい銃を提供するといった。だが、ハーフィズはなにもいわず、ただ、口もとに軽く笑みを浮かべてみせるだけだった。

その晩、ハーフィズは熊の出現を待った……熊が出てくると、鉄砲をかまえて撃った。カチッと音がしたが、弾は発射されなかった。

ハーフィズの血が凍りついた――鉄砲に裏切られたのだ。

熊がどんどん近づいてくる。なんとかしなければと焦《あせ》るが、手がいうことをきかなかった。どんどん、熊が迫ってきた。

奇跡が起きた――熊がいきなり向きをかえて消えた。

ハーフィズの頭髪は、一瞬にして真っ白になっていた。

白髪になって、ハーフィズは村に戻った。それでもまだあきらめきれずに、自分を慰めた。

〈たまたまのことだ、熊など撃ちにいかなければよかったのだ〉


しかし、そのあとには、もっときびしくつらい現実がひかえていた。

ハーフィズの鉄砲をほしがった、例のお大尽シャイフの息子が小さな村を通りかかった。青年は世界をじゅうぶん見てきていた。ヤッフォやエルサレムにいき、ベイルートにもいった。エジプトのアレキサンドリアにも足をのばしたという。小さな村の人々は青年を見に集まってきた。青年は村人たちに海の沖をすすむ船のこと、はるか遠い距離を馬の助けなしにものすごい速度で走る蒸気機関車のこと、機関銃や戦車のことを語って聞かせた。語りながら、手にもっていた遠距離のものまで撃てるピカピカの新式銃を見せた。

ハーフィズも青年の話を聞いていた。

シャイフの息子は、ハーフィズ老人の鉄砲を笑いとばした。

「わたしの父はその鉄砲に金貨十枚を支払うつもりだったそうですが、わたしならタダでも、そのポンコツは願い下げですね、ご老人。その鉄砲の正しい場所をご存知ですか……ゴミ捨て場です!」

ハーフィズの顔が白茶け、足がぶるぶる震えた。自分のことをいわれたのなら、息子や妻のことをいわれたのなら、まだ我慢できた。まだましだった。ハーフィズは悲憤に燃えた。しかし、相手がシャイフの息子だったから言葉をおさえた。

「あんたのピカピカのやつ十本とだって交換する気にはなりませんな」

「その鉄砲にまだ価値があるとでも?」シャイフの息子がいった。「せいぜい、犬を撃つぐらいでしょう」

「あんたの新しいのは、おもちゃにすぎん……わしのは、古いからこそ価値がある。いまのご時世じゃ、こういう立派な鉄砲は製造できん。イブラヒーム・パシャのご時世だったからできた技ですぞ!」ハーフィズは叫んだ。

しまいには、どちらの銃がどれだけ遠くまで射てるか、シャイフの息子と老羊飼いが試合することになった。

村じゅうが試合を見物しようと集まってきた。

的《まと》が遠くにおかれた。

新しい銃が、的を射た。

古い銃は、弾がとちゅうで落ちた。

それに、新式銃にくらべて古い鉄砲の発射音は、ヒョロヒョロと空《むな》しかった。

ハーフィズ老人はうなだれた。胸がつぶれた。

シャイフの若い息子は、父親の仇《あだ》を残酷なやり方で果たした。


しかしハーフィズはなんとか衝撃から立ちなおると、またも自分を慰《なぐさ》めた。

〈おれの鉄砲は、新式ほどには遠くには飛ばんが、だけど、的は一度もはずしたことがない……〉

だが、慰めも長くは続かなかった。裏切りともつかない騒ぎが家のなかで起きたのだ。

ハーフィズの長男は軍役に八年つき、政府の命令のままにあちこちに送られていたが、やっと除隊して、自由な姿で小さな村に帰ってきた。

村じゅうの人々が息子の帰還を祝ってやってきて、話をせがんだ。息子もまた船のこ

と、蒸気機関車での旅のこと、そして新式の武器のことなどをみんなに話して聞かせた。

ハーフィズ老人は息子の話に耳をかたむけていたが、中途から、そんなのは子どもだましのペテンにすぎん、サタンの茶番劇だ、とばかにした。

「そりゃ、たしかに遠くまで飛ぶだろうが、髪一本の的までは正確に射抜けん。なんの長所もないおもちゃだ。イブラヒーム・パシャがおいでなすったら、そういう人の目をあざむく新式のなんとやらは、全部ひねりつぶしただろうさ……おまえの新式銃をぜんぶ集めても、おれの鉄砲一丁にもおよばんぞ！」

息子は笑った。

「父さんの熟練した腕で撃ったからこそ価値があったんです。それだけのことです。父さんも、この銃を持ってみたら、新式銃がいかにすぐれているかすぐにわかるし、感じるはずです。父さんの鉄砲はポンコツの破片にすぎないって」

息子の口からついて出たことばに老人は激怒し、息子に向かって頭といわず顔といわず拳骨《げんこつ》をふりおろした。

それでも、息子のことばを頭の中で転がして、ハーフィズは三日三晩、心おさまらなかった。

真夜中、村が寝静まってから老人は起きだした。こっそり家をあとにして、村はずれの畑地に出た。銃を二丁、手にしていた。自分のと、息子のと。

見事な月が煌々《こうこう》と冴《さ》えわたる夜だった。

老人は歩きながら、だれかに見られていないか、あとをつけられていないか、何度もそっとふり返り、村里遠くまで足をのばした。

小さな村から遠く離れた岩地のあいだに、老人は持っていた銃をおいて腰をおろし、また、うしろをふり向いた。あたりを見まわして、だれもいないのを確かめた。

――さて、実際に試して、それを裁判がわりに決めるとしよう！

岩山と数本の木々、それが裁判の証人になるはずだ。

老人は自分の古い鉄砲をとって木を撃った。

新式銃をとって、もう一本の木を撃った。

二本の銃を地面におくと、二本の木のそばまでいって、じっくりと眺めた――かすかな溜め息、身体がバラバラに崩れそうなほど切ない溜め息が、胸をついてでた。

また、旧式と新式の銃で前と同じように試してみた。

そしてまた、木々をつぶさに調べた。

また、堪えきれなくなって、深い溜め息をもらした。

もう一回、三度目に試して、息子のいうとおりだと納得した。

ハーフィズは長い年月、一日たりと手もとから放したことのなかった、大金さえもみすみすあきらめ、長男にまで苦労を背負わせた、大事な鉄砲を取ると、思いきり力をこめて遠い谷間めがけて放り投げ——じっと、立ちつくした。

鉄砲が落ちる音がひびいた。


太陽がのぼる前に、ハーフィズは家に戻った——手には、息子の銃だけがあった。

だれも、ハーフィズが出ていく姿も、帰ってくるところも、見ていなかった。

月と星と岩と谷だけが、秘密を守った……。


つぎの日、ハーフィズ老人は病に倒れ、七日の後に逝った。

サタンの娘

アイシャが六、七歳の女児のころ、村の人々はいったものだった。

——この子の身体のなかにはサタンがいる——

たしかに、アイシャは女児の恰好《かっこう》をした子鬼だった。

向こう見ずな男の子たちが戸外で笑い興じだすと、女の子たちはいささかの物怖《ものお》じも手伝ってか、遊びに加わるのをためらい、かたすみの木陰に座りこんでながめるばかりだった。だが、アイシャは、平気で男の子たちのなかにはいっていって、しかも、先頭に立って遊んだ——陣地とり合戦でさえ。

男の子たちが二手に分かれて、互いに陣地とり合戦をはじめると——片方の陣の先頭に立って指揮するのは、アイシャだった。

そして、アイシャが先頭に立った陣が、いつも勝利をおさめた。

アイシャの父親は苦労がつづいて、気持ちまで萎《な》えおとろえてしまった貧しい男だった。アイシャは母親をまったくおぼえていなかった。母親は、女の子を産んだとも知らないうちに天に召されたのだ。だから、アイシャは幼いうちから、父親のほったて小屋で家事をなにからなにまで取りしきらなければならなかった。

十歳でアイシャは生計をたてる轭《くびき》につながれた。収穫どきになると、父親といっしょに刈り入れ人のあとについて穂をあつめ、果樹園の肥やしまきや葡萄《ぶどう》の取りいれ期には、ユダヤ人のモシャバ〔十九世紀末、私有地につくられた農村〕に働きにでかけた。

仕事にでるようになると、アイシャは男の子たちの遊びに加わらなくなったが、かわりに、ときどき声をあげて笑うようになった。

村の年寄りたちは、アイシャの笑い声を耳にすると、いうのだった。

――あの娘ののどの奥で、サタンが笑っている――

アイシャが笑うと、アイシャの女友だちも声をほがらかにあげて笑った。

村の若者たちは、アイシャの口からこぼれる笑い声に酔いしれた。

刈り入れどき、太陽がじりじりと燃えたち、陽ざしと灼熱《しゃくねつ》にみなが虚脱しても――アイシャのまわりは、いきいきとした喜びにあふれていた。血がトクトクと脈打つ若者たちが彼女をかこんで、笑ったりしゃべったりし――彼らは、昼下がりの静寂を無礼にもやぶって、歓声をあげたり笑ったりするのだった。

若者たちがいきなり輪になって気が狂ったように踊りだすこともあった。

――サタンの踊りだよ！――

年寄りたちは腰をかがめて溜め息をついた。


十五歳になるとアイシャは急に黙りこむようになり、笑うこともなくなった。

そして、育つにつれて美しくなり、美しくなるにつれて――おとなしやかになった。

日に日にアイシャは育ち、見目麗《うるわ》しくなった。

アイシャは麗しかった。ナツメヤシの木のように背筋がすっきりのび、身体つきは大理石のように頑丈でなめらかで、豊かな胸が刺繍《ししゅう》をしたアバーヤに目立った。日焼けしたやわらかな丸顔をかこんで黒髪がうねり――ぱっちりと大きく見ひらいた目には、不思議な炎が燃えていた。

アイシャは哀しみと憂いに沈み、黙りこみ、瞳には靄《もや》がただようようになり――いつも、どことなく気怠《けだる》そうだったが――だれも、そのわけを知らなかった。

村の若者たちは、そんなアイシャを見かけると声を張りあげて聞くのだった。

「アイシャったら、どうしたのさ？」

そんなふうに若者たちがアイシャに気を惹《ひ》かれると、アイシャを妬《ねた》む村の娘たちは胸のうちに仕返しの思いをひそめた。

そして年寄りたちは、亡くなった母親のご加護でアイシャからサタンが去った、といいあい、手を天にさしあげ、神を畏《おそ》れてつぶやくのだった。

――ラ・イラーハ・イッラッラー、ムハンマド・ラスールッラー　アッラー以外に神はなく、ムハンマドは神の使者なり――


村のシャイフのアハマド・アイドに、サイードという息子がいた。サイードは村人みなから恐れられ、忌《い》みきらわれていた。

杉の木のようにがっちりしたサイードは、村の若者たちを拳骨《げんこつ》で押さえこんでいた。村の若者のだれより美男子だったし、身支度もちゃんとしていたから、村の娘たちはサイードを見かけると胸を震わせた。

しかし、この偉丈夫《いじょうぶ》の肉体には、妬みやそねみや荒々しい欲望がうずまいた、狭量でみにくい魂がやどっていた。サイードには、名誉欲にかられた行動ばかりが目立った。約束を守ったためしはなく、行く手をさえぎったり邪魔する者には、ただただ憎しみを抱き、あらゆる手段をもちいて邪魔者を追いはらった。サイードに逆らった人々は羊《ひつじ》や牛を盗まれたり、穀物小屋を焼かれたり、正当な理由もなにもなしに息子を兵役に送られたり、ときには娘にまで無礼な仕打ちをされて泣かされたりしていた。

父親がシャイフ〔部族の長〕という〈万能〉の立場にいたせいで、サイードの所業はいっさい罰せられなかった。父親が息子の不始末をかばって隠してしまったのだ。

サイードはアイシャに目をつけた。娘は、その手から逃れられないとさとった……。

村の裕福な若者たちはアイシャをもらうためなら婚資《こんし》として五十リラ、いや、百リラ出すのもいとわなかったが、サイードはレンズ豆のスープぐらいしか出すつもりはなかった。

サイードは、アイシャの気弱な老父に、婚資として小麦粉二袋と雑穀五袋をあたえ、娘をよこせ、と怒鳴った。急場を救ってくれる親しい人も兄弟も、アイシャにはいなかった。

村の娘たちに、嫁にいくことになってうれしいか、とたずねられると、アイシャは口をつぐんでひとことも応えなかった。

愛を求めてアイシャにささやいたことのある村の青年たちから、これからはつらい日々になる、といわれても、やはりじっと黙していた。

そして、アイシャはサイードに嫁いだ。

それから一年ほどして、サイードはもう一人娶《めと》った。その女も、ただ同然で手に入れたのだった。

そのときも、アイシャは口をつぐんで黙していた。

村の娘たちが、慰めようと、あるいは妬み心を起こさせようと訪れても、アイシャは娘たちのことばになんの反応も示さず——黙すばかりだった。

そして道ばたで、かつて彼女に愛を乞うた男たちの視線に出会うと、顔をそむけた。

夫へのそしりを耳にしても、聞いていないふりをした。

人々の、サイードへの罵詈雑言《ばりぞうごん》はますます強まり高まっていった。

村の長《おさ》であるアハマドは大衆の人気を失い、彼を強力に推していた支持者たちもアハマドのやりくちにうんざりしだし、選挙になると、ライバルのユースフ・シバーイーがアハマドにかわってシャイフになった。アハマドは失墜《しっつい》した。

ちょうどその頃、サイードは兵役でイェーメンに送られることになった。サイードが村を発つ日、村じゅうが異口同音にその出立を祝って、喜びにわいた。

——あっちで死んで、村に戻ってこないといいが！——

しかし、それでアハマド一家の悪行がおさまったわけではなく、サイードの罪が限度に達したわけでもなかった。

丘に村ができて以来の大罪を、サイードは秘かに犯していたのだ。だれも耳にしたことがないような罪業の深さとひどさだった。

サイードは、留守の間の妻たちの生計の手だてを講じることなく、家のなかをたいへんな状態のままにして出ていったのだ。これほどの罪悪を、だれが考え得ただろう。

兵役につくというのに、サイードは二人の妻のためになにも用意しなかった。収入の当てを考えてやらず、なんの手も打たないまま、兵役にいってしまった。

二番目の妻は実家の兄の家をたよって出ていった。

最初の妻――アイシャ――はひとり、空っぽの家に残った。父親の家にもどるべきだったろうか？　だが、父親は貧しく年老いて弱っていた。

夫の家族はアイシャのことなど気にもとめず、息子の嫁の暮らしはどうかなど心配しなかった。アイシャはひたいに汗し、手にマメをつくって生きのびた。冬の日々にはユダヤ人のモシャバで働き、夏の日々には村人たちと連れだって南のネゲブに小麦や大麦の刈り入れを手伝いにいき、そこから報酬として小麦二袋と大麦五袋をもらってかえり、それを食べて生きのびた。

そうやって、三年が過ぎていった。

きびしくつらい暮らしも、アイシャに刻印を残さなかった。彼女はますます美しくなり、いや、それどころかときには笑うようになり、娘時代のサタンのきらめきが目に宿ることもあった。

三年が過ぎ、四年目をむかえた頃だった。その夏もアイシャは村人たちと連れだってネゲブに刈り入れ仕事に出かけた。一団は砂漠のはずれの裕福なシャイフの畑についた。

広々とした畑のさきには死海が拡がっていた。

そこのシャイフはたいそうな金持ちで、穀物畑がきりもなく拡がり、穀物倉庫も数多《あまた》あり、牛と羊はこれまた数えきれなかった。シャイフ一族はベドウィンのなかでも戦闘的な一族として、あたり一帯を睥睨《へいげい》していた。

シャイフには息子が一人いた。青年期の力にあふれて溌剌《はつらつ》とした、若々しい熱情に満ちた目とカラスの濡《ぬ》れ羽色《ばいろ》のような前髪をたらした浅黒い美青年で、農夫たちが見たこともない銃器と、近辺にはたった一頭しかいない斑《まだら》の雌馬を持っていた。

シャイフの息子が気品にみちた雌馬にまたがると、ながい槍《やり》がきらめき、漆黒《しっこく》の前髪がはらりと落ちかかった。あたり一帯の人々はシャイフの息子の魅力の虜《とりこ》になって、その凛々しい容姿を楽しむのだった。

この青年は裕福さに加えて、美々しさと雄々しさを兼ねそなえ、慈悲に満ちて育っていた……悪事を働いたことは一度もなく、つねに善行をつんで、敵に対しても手を出したことはなかった。怒りにまかせたら一撃で相手を倒せるほどの腕力もあったが、人に悪さをしかけることも、人をあざ笑うこともなかった。

収穫の季節になって、他の土地の農夫たちが父親の畑地に出稼ぎにやってくると、シャイフの息子は毎晩のようにまるまると肥えた羊を料理して、出稼ぎ人たちにふるまった。報酬として収穫の一部を彼らに分配するときには、それぞれに父親の取り分からおまけをつけて渡した。

その夏、シャイフの息子はいつもの年より、ずっと気前よくふるまった。

アイシャの一団はそれまでにないほど稼いだ。

そして、アイシャは生き返ったように、娘時代に戻った。きりもなく軽やかに笑いころげ、周囲の笑いと喜びをさそった。

夕べごとにシャイフの息子は出稼ぎ人たちにふるまい、アイシャにはこってりと脂ののったところを倍量ふるまった。

シャイフの息子の視線がアイシャに注がれることも一度ならず……アイシャもまた、二つの目を大きく見ひらいて、視線に応えるのだった。

ある夕べ、ベドウィンたちは野外で踊りや騎馬競走の宴《うたげ》をもよおした。

煌々《こうこう》とした月明かりの野で繰りひろげられる宴を、出稼ぎ農夫たちはかたわらに座して見物した。ベドウィンの若者たちはそれぞれ、隣の若者の肩に順に手をおいて輪になり、もう一方の手で抜き身の剣をつかんだ。太鼓の音が控えめにひびきだすと、若者たちは踊りの輪をゆっくり描き、踊りながら娘たちに声をかけた。

「勇気のある娘は、踊りに加われ！」

ベドウィンの娘たちが何人かつぎつぎに加わっていった。と、農婦たちのあいだにいたアイシャが、立ちあがって輪に入った……。

アイシャが立ったあたりで、うろたえたざわめきが起きた。舌打ちの音がアイシャの耳にとどいた。

——あり得んことだぞ、まともな農家の娘が、礼儀も知らんベドウィンの娘みたいに、荒くれた男たちの踊りに加わるなんて……——

だがアイシャは、聞こえない、わからない、というふうにふるまった。

頭を誇り高くあげ、目をきらめかせて、戦いに向かうかのように背すじをのばし、胸をそらせ、足をまっすぐ踏みだした。

踊りの輪はアイシャに向かって開き、アイシャが加わると、すぐまた閉じた。

アイシャは右手を出して抜き身の剣をつかみ、左手を頭上に置いてすっくと立った。長

衣が身体の線にそって流れ、剣の刃が冷たい炎のようにきらめき、頭をかしげ——女の姿をしたサタンの如く、目は艶《つや》をおびて輝き、ひとみには炎が燃えさかった。

——サタンの娘だ！——

年寄りたちは溜め息をついて、そっぽをむいた。村の若者たちは、燃えさかる炎の上に座ったような心地になった。

踊りの輪はぐるぐるまわり、太鼓の音が強くなるにつれて踊りもはげしさを増していった。踊り手たちは足を踏みならし、手にした抜き身の剣がぶつかる音がシャッ、シャッとひびいた。踊り手のだれかがアイシャに触れようと手をのばすと、彼女はくるっとすばやく向きをかえ、彼女が握った剣の刃が、差しのばされた剣に稲妻のようにバシッと当たり……輪はくるくると嵐の輪を描いていった。

足を踏みならし、高まり、燃えさかり、そしてアイシャは風のように、サタンの娘のように、剣のひびきを縫って舞い、叩き、全員に勝った。

どの剣にも増してアイシャに剣を差しのばしたのはシャイフの息子だった。息子の剣はどの剣にも増して、アイシャの剣を叩いた。

農夫たちは溜め息をつき、歯ぎしりし、恥じ入った。
――村の女があんな仕業をするのを、目撃してしまったこの目が哀れだ！――
――アイシャは、悪い風習に染まった――

その声は、村にまで届いた。
アイシャの夫の家族に妬《ねた》み心がもたげた。あの女は自分たちの恥になるとも思った。さほどもたたない夜半過ぎ、アハマド・アイドの一家全員が、しかもアイシャの老いて弱った父親まで引きつれて押しよせ、アイシャをさらうと、村の家に連れ戻して閉じこめた。

サイードの弟が見張りにたった。

ある朝、ネゲブのシャイフの息子が夜のあいだにアイシャを訪ねてきて、アイシャの家にいる、と噂《うわさ》がたった。村じゅうが大騒ぎになった。

村の見張り番を問いつめると、たしかに見知らぬ男が見事な雌馬に乗ってやってきた、と白状した。その男は武装していて、そばによって誰何《すいか》すると、槍をおき、

「黙っていろ、さもなくば殺す。黙っていたら、村から羊も牛も靴ひももも消えることはない」といったという。

サイードの弟はアイシャの家に駆けつけて戸を叩いた。戸には錠《じょう》がおりていた。既舎《きゅうしゃ》には横木がかかっていた。

サイードの弟は一族みんなに応援をもとめた。一族みんながやってきて、アイシャの家の戸をドンドン叩いてわめいた。

「そこにいるよそ者を、こっちに出せ。素性をあらためてやる」

アイシャがあらわれて、きっぱりいった。

「なかにいる人にさわってはなりません。わたしの夫ですから！」

その場にいた人々はアイシャの無法なことばに怖気立《おぞけだ》ち、サイードの弟は腹立たしげに叫んだ。

「売女《ばいた》が！　おまえは兄貴の嫁じゃないか！」

アイシャは毅然《きぜん》と応じていった。

「わたしは、夫を憎んでおりました。この人を、わたしは愛しています！」

アハマド・アイドの一族はアイシャを叩きのめそうと身構えた。

と、目の前にシャイフの息子が立ちはだかった。武装し、漆黒の前髪をたらし、目に半ば憤怒の光を宿し、手には抜き身の剣を持っていた。

「さあ、かかってこい！」シャイフの息子が叫んだ。

アハマド・アイドの一族はうろたえ、おののいて……後じさりした。

シャイフの息子はアイシャの手をとって村中を歩きまわった。犬さえ舌を出さなかった。

事態を聞きつけた村の長老たちは聖所にあつまり、巡礼を終えて尊敬されている〈ハッジたち〉は、女が聖所を汚すのではないかと心配し懼《おそ》れた。

アイシャは人々の前に立った。

「わたしをこの人のものと記してください。わたしはこの人の妻です、この人の子を身ごもっていますから」

村人たちは愕然《がくぜん》とした。だれも声が出なかった。年寄りたちは頭に土をかぶり、部族に与えられた恥辱に泣いた。

「罪深い女を、ここから追い出してくれ。どんな男も、この女にふれる勇気がなくなるように……」

アイシャは自由を手にして、シャイフの息子と家に戻った。そして荷物をまとめると、二人は厩舎をあけて雌馬を引きだした。

シャイフの息子はアイシャを馬に乗せ、自分もひらりとまたがった。左手でアイシャを抱き、右手で手綱を握った。村の人々は黙りこくったまま、二人の動きをじっと見つめた。

雌馬は二人を乗せて村から遠ざかっていった。馬がたてた砂塵が、陽光をうけて長いこときらめいていた。

シャイフの娘

小さな丘のうえに、敵対する歩兵大隊のように家々が向かいあって並んでいた。

ジャブリ一族のほうは——家並みの数が多く、その家々も年を経た重厚さをただよわせ、ナツメヤシの壮木《そうぼく》があちこちの家の上に見え、家並みの裏手には枝葉を広げて日射しをさえぎり、影をやどしてくれるオリーブや無花果《いちじく》の果樹畑があり、そのまわりには、ぼってりと厚みをおびたトゲサボテンが、緑や茶色の生け垣になって取りまいていた。

いっぽう、シャハリ一族の家並みの丘は——数が少なかった。シュロ椰子《やし》一本生えていなかった。たいていはそこに住みついたころに建てられたもので、裏手の果樹園は貧相で影を落としてくれる木もなかった。シャハリ一族には、見識豊かな有力者の老人たちが多かったのだが、谷の住人たちは丘の上の人々を「無知《ジャーヒル》」と嘲《あざけ》った。

ジャブリ一族のシャイフ・アラッディーンが、村全体をたばねて治める村長だったとき、ある土地をめぐってシャハリ一族のシャイフ・バハッディーンといさかいになった。多勢のジャブリ一族は力をたのんで、無勢のシャハリ一族を追いたて苦しめ、困窮の日々に追いやった。シャハリ一族は村をでて、大きな道の向こうの丘に家を建てた。

その後、シャイフ・アラッディーンもシャイフ・バハッディーンも亡くなり、当時の長老たちも逝って、それから、ずいぶん時が流れ、年が重なったが、シャイフたちや長老たちは墓まで憎しみや妬みを運んでいかなかった。だから、両家の憎しみや妬みはそのまま代々ひきつがれて伝わっていった。両家は子々孫々まで互いの土地に足を踏みいれず、近づくこともなく、互いに夫婦の契《ちぎ》りをかわすこともなかった。大通りが川のように両家をへだてていた。

十字路にある井戸は、だれもが水を汲みに行き来する場所だったのに、水汲みもこっちの側、あっちの側と決まっていて、両家が決して近づくことはなかった。そして、シャハリ一族は自分たちの祈祷所《きとうしょ》を丘の上につくった。

シャハリ一族は神のたたりにあったかのように——生まれてくるのはやたらに女児ばかりで、男児はゼロに等しく、おかげで、ジャブリ一族の嘲りやさげすみを買った。両家の子どもらが言い争ったり喧嘩したりすると、ジャブリ側はシャハリ側を「娘っ子たちの親父《アブ・ル・バナート》」とからかった。

しかし、お天道さまのもとに、悪いことばかりが起きるはずがない。

シャハリ一族に生まれてくる娘たちは、近隣まれな美貌《びぼう》と賢明さと勇気にあふれていた。両家のあいだにいざこざが出来《しゅったい》すると、娘たちが加勢に駆けつけて、男のように闘った。それで市場に集まる人々は、ジャブリ一族を「女たちに負けた連中」だ、とからかうのだった。

男たちはシャハリ一族の美しい娘たちを心からほしがり、娘たちを追いまわす者があとを絶たなかった。

それに、シャハリ一族の娘たちには利点があった。男兄弟のない娘と結婚した男は兵役が免除されるというきまりがあったからだ。男は結婚した相手の先祖伝来の村の家で、その家の息子の役目をになって暮らすことになる。

男たちにとっては、まことに羨望《せんぼう》で目がつぶれそうな暮らしになるわけで、ジャブリ一族の男たちにしても同様だった。彼らも、胸の奥底ではシャハリ一族の娘たちの美貌にあこがれていた。老人たちへの気兼ねや懼《おそ》れさえなかったら、ジャブリ一族の男たちだって、富も土地も果樹園もシャハリ一族の娘たちに与えて惜しくなかった。

シャハリ一族の、シャイフ・バハッディーンの息子イスマーイールに、一人娘がいた。

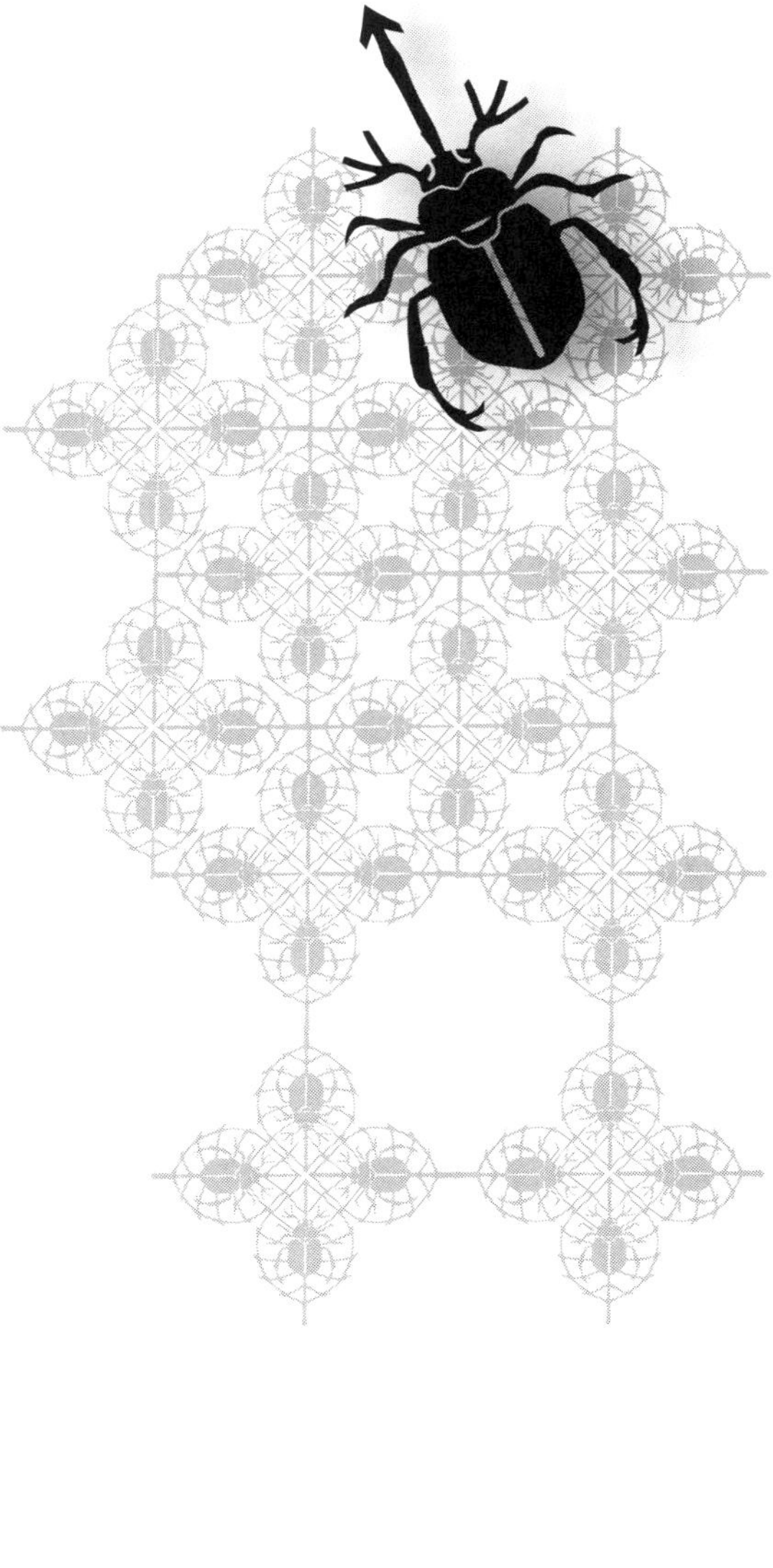

老いた妻とイスマーイールは、アッラーが男児を授けてくださらなかったという恥辱と哀しみにまみれはしたが、それでも、一人娘が授かったのは大いなる慰めだった。一族の人々もこの娘を愛で、娘はきっと近隣の大シャイフの息子たちの目にとまって婚礼を望まれるだろう、きっと一人娘はいつか、敵に対して強固な砦《とりで》になってくれるだろう、といいあい慰めあうのだった。

イスマーイールの娘ファトマは、まわりの娘たちとも較べようがないほど美しかった。彫りの深い眼は漆黒《しっこく》で、眼もとには淡い靄《もや》がかかっていた。そして、その靄に若者たちはみな酔いしれた。一度でいいからファトマの瞳をのぞいてみたいと、何時間も待ち伏せする若者さえいた。待ち伏せしても、それきりだった。若者に瞳をのぞきこまれると、ファトマは赦《ゆる》しを乞うように黒くて長いまつげを伏せてしまうからだった。

ファトマの髪はカラスの羽のようにしっとりと黒く、絹のように細くてしなやかだった。黒髪はすっきりのびた背筋にそって、白い長衣いっぱいに流れていた。若者たちはファトマの髪のはしをながめて、熱に浮かされたように震えた。

女たちのおしゃべりにまじって、オルガンの音《ね》のようなファトマの声が聞こえると、若者たちの心は、見えない手でかき鳴らされたバイオリンのごとくに震えた。ファトマの笑い声が好きなのは若者たちばかりではなかった、娘たちもファトマの笑い声が好きで、「笑って、ファトマ、ねえ、笑って」とねだるのだった。ファトマが笑い声をたてると、娘たちもいっしょに笑った。

そんなふうでも、ファトマは若者たちに心を奪われず、人なかにも滅多に顔を出さなかった。刈り入れの日々、若者たちや娘たちは草木がまだ露を帯びている夜明け前から畑に出て、レンズ豆やソラマメをとり入れた。男女が入りまじって働いたが、シャイフの娘のファトマに触れる勇気のある者はいなかった。

シャイフ・イスマーイールも妻も、ファトマを目に入れても痛くないほど可愛がり、大事に育てていた。老シャイフ夫婦はすべての望みを娘に託していた。

娘が年頃になると、両親は近隣の村々の裕福な若者たちの使者とやりとりしはじめた。昼夜を問わず家の戸をひっきりなしに叩く仲介人や使者と会うのに忙しくて、両親は目を静かに休める暇さえなかった。

そんな日々だったが、たったひとつ、気がかりがあった。家に仲介人や使者が訪れだした日から、ファトマの顔が曇ってしまったのだ。イスマーイールと妻は、ファトマは娘時代を惜しんで悲しんでいるのだと自分たちの胸にいい聞かせ、心をなだめた。しかし、そうやって心をなだめても、娘の顔を見るとまた不安がもたげてくるのだった。

娘の顔は日を追って青ざめていった。夜、ひっそりとむせび泣く声が聞こえてくることもあった。ある日、老夫婦はファトマにいった。

「どうか、そんなに哀しまないでおくれ。一生、娘のままでいるつもりじゃないだろう？娘というものは、親をはなれて夫に連れ添うものなんだからね。それに、どこか遠くをさすらうわけじゃない、ここで、この家に住んで、わたしらとずっといっしょに暮らせるんだよ」

娘は何もいわずにただうなだれ、つらそうに泣きくずれた。


シャハリ一族の、数少ない男たちのあいだで噂《うわさ》がたった。

ジャブリ一族の長老であるアラッディーン家の若い子息が、ファトマの愛を望んでいる、そして、ファトマはその申し出に——何ともはや、顔を背けようとしていない、と。

一族はこの信じがたい噂におどろき、呆《あき》れ、かつ畏《おそ》れた。

アッラーの統《す》べるこの広大な地で、そんな失敬で無礼千万な話があってよいものだろうか。シャハリ一族の栄光はどうなるのか？　シャハリ一族の最後の希望を敵方の男に奪われてしまってもいいのだろうか？

人々は噂に憤然とし、いきりたった。しかし、老シャイフ夫婦には、この恐ろしい噂を告げないでおこうと決めた。ひょっとしたら中傷に過ぎないかもしれない、ともいいあった。

そして、ファトマの足もとをしっかり見守った。日に夜に、見張りをたてた。そうやって、人々は自分たちの行動を是認し、心を落ち着かせた。もし性的な関係を見つけたら、二人を殺す、男も女ももろともに……そういいきかせて、ファトマが通る道路や果樹園をつけてまった。だが、罪はひとすじも見つからなかった。

若者たちは、ほっと胸をなでおろした。ファトマは偽《いつわ》りの噂に苦しめられていたにすぎなかった、と思った。

しかし、数週間が過ぎると、また、あらたな噂が村に流れた。ファトマは身ごもっているというのだ。初めのうちは懼《おそ》れと怯《おび》えでひそひそ声だった。

ファトマを妬《ねた》んでいた娘たちはファトマの不運を喜びながら、若者たちはうらやみに歯ぎしりしながら、小声で話した。

噂を声にだしたのは、いったい、だれだったのか。だれも、知らなかった。

噂に疑いをもつ者もいた。ファトマはきっと、またも偽りに悩まされ、苦しんでいるにちがいない、と。

だが、当のファトマの顔色が日に日に青白くなり、目が懼れに満ちて、奇妙な炎がチラチラしだすと、ほらごらん、ちゃんとした娘だったら、こんなふうに噂なんかされるものか、となった。

ささやきは若い者たちから長老たちの口の端にものぼるようになり――シャハリ一族の困惑はいっそう増した。だが、シャイフ・イスマーイールにもその妻にも、ささやきは届かなかった。

だのに、ファトマ自身は背中越しにささやかれる声を耳にした――ひそひそ声を耳にすると、ファトマは風にそよぐ葉のように震え、死人のように青ざめた。

ある日の夕暮れどき、ファトマは水を入れた壺《つぼ》を頭にのせて井戸から戻るとちゅう、井戸に水汲みに向かう女たちと出会った。

女たちは嫌悪をあらわにしてファトマをにらみつけた。

それから、あっちを向いてごらん、こっちを向くんだよ、とファトマの向きをかえさせた。腹を指で触り、大声で言いつのった。

「罪の子だよ！　敵の子どもを孕《はら》んでるね！　呪《のろ》われた女だ！」

ファトマは動転して青ざめた。死のように黙したまま、その場に根を生やしたように女たちを見つめた。まなざしには羞恥《しゅうち》も乞いも、哀願も怒りもなかった。

「いまいましい娘だね、白状しちまいな、だれの子だい？　あいつの子なんだね！」

ファトマは顔を紅潮させたが、さっとまた、蒼白《そうはく》になった。

瞳に燃えあがった炎は、また消えた――そのあいだ、口からはひとこともこぼれなかった――女たちの胸に妬みの火がついた。

女のひとりが、ファトマの頭を壺で叩いた。

空っぽの壺がつぎつぎに、くずおれたファトマの上に振りおろされた。金切り声やわめき声とともに、頭といわず、顔といわず。

ファトマの口から、かすかな溜め息が洩《も》れ――それきりだった。

一度だけ、ファトマは傷ついた顔をかばおうと手をのばしたが――その手をはらりと落として、ぐったり倒れた。

女たちはそれでもファトマを叩いた──頭を、背中を、ふくらんだ腹を。手をのばしては、その手が触れ、その手が掴《つか》んだもので叩いた。土くれ、小石、煉瓦《れんが》、石灰石で。女たちは罵りながらキイキイわめき、泣き叫び、あたり一帯が叫喚《きょうかん》の渦と化した──村の人々はあわてふためいた。

赤い太陽が海に沈んだ。

夕闇が地面にその羽を広げだしたが、女たちの喚《わめ》き声はそれでも止まなかった。女たちは憑《つ》かれたようにファトマの屍《しかばね》を打擲《ちょうちゃく》した。

遠くで、狐たちが嘲《あざけ》りの声をあげはじめていた。

ラティーファの瞳

〈ラティーファの瞳を見たことのない者は――美しい瞳がなにかを知らない〉

わたしは若い頃、そういったものだった。そして、その頃、ラティーファはうら若いアラブの娘だった。

あれからずいぶん経ったが、いまもなお、わたしはそう思っている。

テベト月〔西暦で十二月から一月〕だった。

アラブの労働者たちの先頭に立って、わたしは果樹の最初の植えつけを準備していた。果樹の植えつけに祭り気分がいやがうえにも盛りあがって、まわりの人たちもわたしも浮かれていた。

晴れわたった冬の日。

空気はすがすがしく澄んでやわらかく、すこやかにあたたかかった。東からの太陽がキラキラと赤みを帯びた光を、あらゆる生きものにそそいでいた。

あたり一面が緑で、耕されていない丘の連なりには愛らしく美しい野の花が芽吹いていた。空気をいちどきに吸い込もうと、胸がひとりでに大きくひらいていく。

小砂利や落ち穂《インズィール》を拾い集めているアラブの女たちのなかに、新しい子がいるのにわたしは気づいた。十四歳くらいの、青い服を着た、きりっと敏捷《びんしょう》な少女で、頭を白いスカーフでおおっているが、スカーフからこぼれ落ちた髪が肩にかかっていた。

「名前は？」労働者名簿に名前を記そうと思って、わたしは少女に聞いた。

少女は、浅黒い愛らしい小さな顔をあげた。黒い目がきらめいた。

「ラティーファです」

黒くて大きい、燃えたつような美しい瞳の奥に、喜びと生命力と渇望《かつぼう》のきらめきがほとばしった。

「シャイフ・ショルバジーの娘ですよ」

ちょうど大きな石を取りのけていた若いアラブの男アティラが、掘り出した石を無造作に投げながらいった。

「〈麗《うるわ》しい夏の夜に輝くふたつの星〉」

そうアティラは力強い美声でうたい、歌でラティーファの瞳の美しさをほのめかした。


わたしは仕事がもたらしてくれる秘かな楽しみに気がつくようになった。気分が重くて心が沈むとき、ラティーファをながめると、魔法の手にかかったように憂《うれ》いや心配ごとが消え去っていった。

それに、ときどきは、ラティーファに見つめられているような気もした。

そして、ときには、その目に熱情のきらめきを感じた。

まなざしには、哀しみがあった。


あるとき、わたしは灰色の子ラバに乗って畑にむかった。井戸のわきにラティーファがいた。頭に水の壺《つぼ》をのせている。耕作人たちに水を運んでいるのだ。

「ラティーファ、元気かね?」

「父さんが、あたしが仕事に出るのをいやがるんです」

ふっと口をついで出たことばらしく、気になっていたことを打ちあけるような、哀しげなひびきがあった。まるで悲劇に見舞われたようなひびきだった。

「仕事に出るより、家にいるほうがよくはないのかい？」

ラティーファはわたしを見つめ、そのまなざしが影を宿したように曇った。わずかのあいだ、ラティーファは口をつぐんでいた。

「父さんが、あたしをシャイフ・ハッサンの息子にやろうとしているんです」

「で、君はどうなの？」

「死んだほうがまし」

そして、また口をつぐみ、しばらくしてわたしに聞いた。

「ハッジ・ムーサー、あんた方のとこじゃ、結婚相手は一人だけってほんとうですか？」

「そう、一人だけだよ、ラティーファ」

「叩かない？」

「愛している人を叩くわけがないじゃないか」

「あんた方は愛しあっている娘と結婚するんですか？」

「もちろんだ」

「あたしたちんとこじゃ、ロバみたいに売る……」

そういいながら、ラティーファの目はいっそう美しく、いっそう深く黒くなった。

「父さんがいってた」しばらくして、ラティーファはいった。「もしハッジ・ムーサーがイスラム教徒だったら、あたしを嫁にやったのにって」

「わたしに？」

笑うつもりはなかったのに、わたしは吹きだした。

ラティーファがわたしをじっと見つめた。その目には、深い痛みがあふれていた。

「ラティーファ」わたしはいった。「君がユダヤ教徒だったら結婚した……」

「父さんに殺されるわ、あたしもハッジ・ムーサーも」


次の日、シャイフ・ショルバジーが果樹園にやってきた。

シャイフ・ショルバジーは見事な白いひげをたくわえた老人で、帽子をかぶって白馬を疾駆《しっく》させておとずれ、馬はその場で小刻みに歩をきざんだ……。

彼が耕作人たちにあいさつの声をかけると、みんなは身をこごめて、「ははあっ」といって、黙りこんだ。

シャイフはわたしに向かって歯ぎしりするように挨拶《あいさつ》し、いささか憤懣《ふんまん》のこもった目でにらんだ。わたしは素っ気なく挨拶を返した。

わたしの村とシャイフ・ショルバジーのあいだに平和はなかった。彼はユダヤ人をきらい、わたしたちを嫉妬し敵視していた。

シャイフは自分の娘をみつけるといっそう苛立《いらだ》った。

「〈ユダヤ人〉のとこにいっちゃならん、と命じたはずだぞ」

シャイフはかっとなって怒鳴った。それから耕作人たちにいった。

「信心のない人間の仕事をして自分を売るなんて、イスラム教徒として恥を知れ！」

シャイフは手にしていた杖でラティーファの頭や肩を何度も叩いた。

わたしは腹が立ってシャイフに向かっていこうとしたが、哀しみと涙にあふれたラティーファの黒い瞳が、わたしをとめた。

〈黙っててください！〉

シャイフとその娘が去ると、耕作人たちはほっとひと息ついた。

「シャイフ・ショルバジーは阿漕《あこぎ》な奴だ」ひとりがいった。

「ここの労賃の半分で、夜半過ぎから翌夜半過ぎまでこき使えなくなったから、向かっ腹を立ててるんでさ……ユダヤ人に対抗できなくてね」もうひとりがいった。

「それに、今日、あんなに逆上してたのは……おれは理由を知ってるよ」アティラが、口もとに賢《さか》しげな笑みを浮かべていった。

ラティーファはその後はもう、仕事にやってこなかった。


数週間後、昼食をすませて外に出たとたん、ラティーファとばったり会った。

ラティーファは売り物のニワトリを手にして地べたに座りこんでいた。わたしを見かけて立ちあがった。

その目はいっそう美しく、いっそう哀しげだった。

「ラティーファ、元気かい?」

「ありがとうございます、ハッジ・ムーサー」

声が震えていた。

以来、しばしばラティーファは売り物のニワトリを手にあらわれるようになった。それも、お昼どきに……。

いつだったか、アティラがいった。

「ハッジ・ムーサー、ラティーファは、シャイフ・ハッサンの息子んとこに嫁いでいったよ。そいつ、チビでみっともない奴なんです」

ズキン、と胸に突き刺さるような痛みが走った。

それから、ラティーファの夫の家が炎上した。ラティーファは逃げだして父親に庇護《ひご》を求めたが父親はいやがる娘を夫のもとに返した、という噂《うわさ》を耳にした。

数年が過ぎた。

わたしは家を築いた。そして、ほかの黒い瞳に出会って、ラティーファの瞳を忘れた。

ある朝、外にでるとアラブの老婆がニワトリを手にしていた。

「なにか用かね？」

地べたに座った女が、わたしをじっとみつめた。

「ハッジ・ムーサーですか？」

「ラティーファか？」

そう、まさにあのラティーファだった。顔にはしわが深くきざみこまれて、すっかり老い、だが、その目には、まだ在りし日のきらめきの名残があった――。

「ひげをたくわえて……なんだか変わりなさった」そうつぶやき、しかし、目をわたしからそらさなかった。

「元気にしていたかね？　ずいぶん変わったようだが？」

「すべてアッラーの御手にあります、ハッジ・ムーサー」

そこで、声をひそめた。

「ハッジ・ムーサー、嫁をもらいなさったんですか？」

「ああ、ラティーファ」

「お目にかかりたいです……」

わたしは妻を呼んだ。

ラティーファは、じっと長いこと妻を見つめていた。

その目に涙が浮かんだ。

それ以来、ラティーファを見かけたことはない。

土地のために

スライマーン・イル・マスリーの頭は、ずっと、ある一つのことに占められていた。

土地——。

スライマーンの祖父は、イブラヒーム・パシャの軍隊とともにエジプトから進軍してきて、そのままここにいついて村の人間になった。故郷のエジプトに執着しなかった男は、生涯をとおして、かつての地を恋しがらず、いまいる土地にも執着しなかった。それより大事に心にとめていたのは、思い出だった。イブラヒーム・パシャの思い出。その思い出を、スライマーンの祖父は死ぬまで心の糧として抱き、そこに慰めを見いだし、自慢し、その思い出のおかげで貧しさやつらさを忘れて暮らした。そして、死ぬまで土地を持たなかった。

その息子であるスライマーンの父親は、やはり、土地持ちにならずに一生を終えたが、彼もまた土地を持たないことを不足に感じることなく、土地に執着もせず、窮乏《きゅうぼう》の日々に追われていた。彼はある豪農の作男として一生をすごした。一生をつうじて労賃として年ごとにきちんきちんと小麦二袋、サトウモロコシ二袋、ゴマを入れ物に半分、木綿一巻き、サンダル二足、塩用の小銭《マジーディー》をもらった。

妻が石臼《いしうす》で穀類をひき、夫婦と子ども三人はそれを食べて飢えをしのいだ。支給された肌着用の木綿は妻が使うのを惜しんだので、子どもたちは収穫仕事に自分たちも加えてもらえる年齢になるまで裸で育った。

仕事は夜半過ぎから翌夜半過ぎまで続いた。空腹が重なるともうなにも考えられず、なんの欲望もおきなかった。父親は晩年、ユダヤ人村で働きはじめるようになって、肩の荷をおろした気分になったが、しかし、もうとっくに土地への欲望を抱く時期は過ぎていた。

両親が年老いてから生まれたスライマーンは、村の仕事を習いおぼえて育った。そして大きくなって、いきなり土地にあこがれだした。自分の土地。働いて開墾《かいこん》して、自分のものにできる、自分だけの土地。スライマーンは土地のことばかり考え、そのことを自分に向かってだけでなく、人前でも口にした。おかげでみんなの笑い者になった。

スライマーンはどうしたんだよ？　土地だってさ。

あざけられて、スライマーンは土地への思いを胸にしまいこんだ。土地持ちへのうらやみを込めて、たった一つの宝への想いをしまい込んだのだ。

スライマーンは野を歩いていて、みごとな馬《ファラス》を見かけてしばらくたたずんだ。ユダヤ人村での仕事に向かう途中だった。スライマーンは、神がこの馬を与えてくださるなら自分の瞳のように大事にする、と心の中で思いながら、引きよせられるように見つめた。そのころは、土地を駄目にするといって、アザミやトゲ科の低木を根こそぎにしていたからである。馬だったら低木を引っぱって、根っこから抜いてくれると思った。スライマーンはユダヤ人村のやり方を真似《まね》た。根を深く掘りおこし、土地を充分に鋤《す》いたのだ。そうやって開墾したわずかな土地の半分にアーモンドや無花果《いちじく》や葡萄《ぶどう》の苗を植え、もう半分に小麦や大麦やゴマをまいた。そして、そこに小さな小屋をたてて一人で住んだ。自分と土地だけだと思った。

スライマーンはなぜか、村の農民たちの習わしになっている、村民全体が共有する土地ではなく、ユダヤ人村のような「私有地」、すなわち自分だけの土地を夢みていた。だから自分が開墾した土地を、たとえ純金とでも交換しようとは思わなかった。

村の人たちとゴミ捨て場にいても、白昼夢のような夢を紡《つむ》いで、村の青年たちにばかにされた。

「あいつ、ばかじゃないか……共有地もまだだってのに、私有地を夢見てるなんてさ！」

「記憶にまちがいなきゃ、まだ、嫁もらっとらんはずだ……」

そうささやかれて、スライマーンは無念と屈辱《くつじょく》にうなだれた。

若者たちはからかい、年寄りたちは若者たちに同調してうなずき、「ああいう夢はよくないことをもたらす」といった。

人間は、まちがいをおかす。みんなの目にまやかしの空想と映り、スライマーンの目に魅惑の夢と映ったことが、ある晴れた日、いきなり、永続する事実にかわったのである。


いきさつはこうだった。

大戦が勃発《ぼっぱつ》した。スライマーンは村のおおぜいの若者たちといっしょに軍隊に召集されて前線におくられた。戦争は何年もつづいた。大戦の初期に前線に送りこまれた兵士のうちの大半は死んだり捕虜《ほりょ》にとられた。そうすると、その都度、また新しい兵士たちが送りこまれた。しまいには、年配の人々まで激戦のつづく前線に送りこまれた。アブドル・ラティーフもその一人だった。

アブドル・ラティーフは「アジーザ」の夫だった。アジーザは父親から村でもっとも上等で見事な農地を遺産として飼《か》っていた。果樹園にはさまざまな種類の果樹が育ち、その近くには広々とした種まき耕作用の畑地もあった。妻のアジーザのおかげで、アブドル・ラティーフは裕福になったのだ。

村出身者全員は、ある大隊に属していた。難民まがいに残った初期の徴兵者も、終わりごろに徴兵された者もいっしょくただった。戦争が終わりちかくになって、この大隊は危機に見舞われた。トルコ軍が砂漠のベエル・シェバ近くで英国軍に敗北してちりぢりになったとき、しんがりをつとめていたせいで、大打撃をこうむったのだ。大半が戦死し、ほんの一握りだけが命からがら逃げのびた。

死の手からやっと逃れて生きのびた兵士たちは、北方に逃走したトルコ軍に合流しようとせず、すでに英国軍の手に落ちていた自分たちの村に逃げ帰った。村出身者の大半も同じように行動した。スライマーンもその一人だった。アブドル・ラティーフは激戦のさなかに戦死した。血の海に崩れおちたアブドル・ラティーフの姿をスライマーンは目の当たりにしていた、逃走する兵士たちがアブドル・ラティーフの屍《しかばね》を踏み越えていった。

戦争が終わった。暮らしはもとにもどった。

スライマーンに幸運が微笑んだ。命が助かっただけでなく、スライマーンは村に帰る途中のガザ近くで、戦死した英国軍兵士のポケットから十ポンド紙幣を失敬していた。それで、農夫仕事にもどるのをやめて、商売をはじめた。ユダヤ人村からアーモンドや林檎《りんご》を仕入れて、闇で英国軍キャンプに売った。英国軍が引きあげるころには、なんとスライマーンのトルコ帽《タルブーシュ》には、英国通貨が百ポンドも縫い込まれていた。

スライマーンは、また、土地のことを思いめぐらしはじめた。

土地への思いはますますつのった。手持ちの金で村の共有地の一部を購入することはできる。しかし、私有地でなければいやだった。そして「私有地」にはまだ手が届かなかった。スライマーンは落胆した。

と、また、幸運が笑みかけた。

ある日、村の裏手の小径を、私有地の果樹園を羨《うらや》み眺めながら、うつうつともの思いにとらわれて歩いていると、アブドル・ラティーフの未亡人アジーザとばったり出会ったのだ。スライマーンが挨拶《あいさつ》すると、未亡人が愛想よくこたえてくれた。

スライマーンは家にもどり、そこで、人間の罪深い欲望が胸をかすめるにまかせた。

――アブドル・ラティーフは死んでしまったんだから、アジーザを嫁にもらえばアブドル・ラティーフのものだった果樹園も土地も家も、ぜんぶ自分のものになる……。

——だけど、アジーザはおれの倍も年上で……しかも醜《みにく》い女だ。

欲望に心が逆らった。

——なに、かまうもんか。アジーザが死んでからまた嫁をもらえばいいさ、若い女をな。で、果樹園はずっと永久におれ様のものだ……。

欲望が心を制した。

つぎの日、スライマーンはアブドル・ラティーフの未亡人に使いを送った。未亡人は、現金で五英国ポンドを握らせてくれるなら嫁いでもいい、といって寄こした。スライマーンは承知した。ことは上々の首尾ですすんでいった。ところがカーディー〔イスラム法の裁判官〕のところでほころびが見つかった。

「アブドル・ラティーフが確かに死んだと、いったいだれが立証できるのか？　だれが証人になるのか？　死者を見たという証言だけでは不充分である」

スライマーンはあれこれ思い考え、算段し、近隣の村に出かけて青年を二人選びだした。その二人に、アブドル・ラティーフが死んでくずおれていくのを目撃したと証言してほしい、お礼に二十五リラ払う、ともちかけて承知させた。

スライマーンはついにアジーザと婚礼をあげた。婚礼のあと、スライマーンは村をでて、果樹園の家に移り住んだ。果樹園や畑をたがやし、守り、もっともっと立派にしようと有り金をぜんぶつぎ込み、自分の運の強さを喜んだ。

成功は、またもスライマーンを照らし、笑みかけた。その年のうちにアジーザが亡くなったのだ。唯一の相続人はスライマーンだった。現金だけが見つからなかった。アジーザは現金を秘密の場所に隠しこみ、だれにもその隠し場所をもらしていなかった。

さほどもしないうちに、スライマーンは村娘を追いかけまわしはじめた。自分の財産になった土地を美々しくし、「私有地」を受けつぐ次の世代を産んでくれそうな娘をさがした。

村の若者たちは、ずいぶん前からスライマーンをからかうのをやめていたし、だれもが尊敬を込めてスライマーンを眺めるようになっていた。年寄りたちは、スライマーンはこの先きっと大物になる、と本気でいいあった。

そして、今度もまた、人間はまちがいをおかした。

幸運がいきなり顔を隠してしまったのだ。スライマーンに、思いもかけない不幸がおとずれた。

鬱陶《うっとう》しい天気のある日、アブドル・ラティーフがとつぜん村にあらわれた。アブドル・ラティーフはまっすぐ自宅に向かい、妻のアジーザを呼んで戸を叩いた。ところが、戸口にあらわれたのはスライマーンだった。

戸口に出たスライマーンは、目の前が真っ暗になった気分だった。

――おれ様の安泰を揺り動かしたくて、アブドル・ラティーフは墓から起き出してきたんだろうか？

いっぽうアブドル・ラティーフは、憤怒《ふんぬ》のかたまりだった。

――おれの嫁を、スライマーンのやつは、いったいどうたぶらかしたんだ？

二人ははげしく言い争った。近所の人たちが仲裁に駆けつけなかったら、たいへんな事態になっていただろう。

アブドル・ラティーフの話は明快だった。

戦場で負傷したアブドル・ラティーフは、英国軍にエジプトの病院まで運ばれた。そして、快復するまでの数か月をその病院で過ごした。快復すると、どういう手違いでか、トルコ軍の捕虜といっしょにトルコに送られた。そこから故郷の村にもどることは不可能だった。トルコは新しい体制になり、アブドル・ラティーフには出国に必要な書類がなかったからだ。しかたなく、アブドル・ラティーフはこっそり国境を越えた。

アブドル・ラティーフは、故郷の村に残したままだった妻のアジーザが死んでも気にしなかった。だが、果樹園や土地や屋敷のことは気にした。宗教法にしたがえば、妻が亡くなった場合は、最初の夫が正統なる相続人になるはずだと主張した。アブドル・ラティーフは、憤然としていいはった。スライマーンは、果樹園や土地をあきらめるくらいなら死んだほうがましだ、といいつのってねばった。

ことは当局に任せられた。

そして、屋敷や果樹園や土地は、アブドル・ラティーフのもとにもどり、スライマーンと証言者二名は一年の禁固刑を申し渡された。

ラシード老人

シュバット月〔西暦で一月〜二月〕のある日。

ユダ山脈のもとを赤い太陽がのぼっていく。澄んだ空には、人間の手のひらほどの雲ひとつない。青い空は東にいくほど黄金の赤に染まり、空気はひんやりと澄んで、かすかな揺らぎさえもみえない。ユーカリの木々のこずえの小さな葉はそよとも動かず、木々はしんと静かにたたずんでいる。

わたしは二人のアラブ人と庭の外に出た。一人は老いた、もう一人は若いアラブ人だった。

わが家は丘の斜面に建っている。わたしたちは丘の東側をのぼった。丘の頂上に立つと、モシャバ〔十九世紀末、ユダヤ人私有地に建設された農村〕全体が手のひらのように見渡せる。昨日の雨でしっとり濡れた村の赤い屋根が、朝陽をうけてきらきら輝き、いくつかの屋根からは煙が天にむかってまっすぐたちのぼっている。

まだ露を葉や茎においたままの、血のように赤い野の花があたり一面、絨毯《じゅうたん》のように咲き乱れている。遠くのアーモンド畑は白い花盛りで、まるで、夜のあいだに雪がふったような白さだった。連なった丘のむこう、ラマッラのオリーブの木々は緑海にいきおいをなして流れ入り、うねり拡がっていた。

空気は色と光と輝きにあふれ、生きとし生けるものを満たしている——詩を口ずさむごとく、笑いさんざめくごとく。

「神のつくりたもうた世界の、なんと見事なことか！」若いほうのアラブ人が陽気に叫んだ。

「そうだ、神のつくりたもうた世界は美しい。だが、その美を人間がそのときどきで壊し、醜悪に塗りこめる」老いたほうのアラブ人が、ゆったり落ち着いた声でこたえた。

ラシードという名の老人は六十歳ぐらいで、片目がみえない。わたしとは初対面だった。若いほうは元気によく動きまわる、二十歳ぐらいのムハンマドという陽気な男だった。わたしとは以前からの知りあいだ。

「人間がどんなに罪をおかそうと、この世はすばらしいよ！」ムハンマドは哲学的思考を開陳《かいちん》して、わたしのほうを向いた。「ハッジ・ムーサー、どっちが美しいですか？ こことモスクワと。モスクワからつい最近、お帰りになったんですよね？」

「もちろん、ここだよ」とわたしはいった。「あっちは雪と氷で寒い……それにお日さまがのぼって、空気がやわらぐと、あたり一面が泥とぬかるみになって大変だ……」

「おれは、あっちのほうが美しいと思ってた……だったら、なぜそんなとこにいったんですか？」

「たわけたことを！」老人が叫んだ。「水みたいに軽々しいことを口にする若造だ！　人間というものは、美しい場所を探したりなんぞせん。いい場所を探すんだ。わかったか！　あっちには〈税金〉も〈軍隊〉もないし、〈ハッティー・ジャブラー〉もいない」

老人は、そこでふうっと大きく溜め息をついた。

「なぜ、そんなに気持ちが屈しているのかね？」わたしは老人にたずねた。

老人はまたふうっと溜め息をついて黙っていたが、しばらくして小声でいった。

「すべて、ハッジ・ムーサー、すべて天の思し召しです」

「ハッジがお望みなら、ラシード老人のこれまでのことや気鬱《きうつ》の原因をお聞かせしましょうか？」ムハンマドがいった。

「ぜひ、聞かせておくれ」

ムハンマドはラシード老人についてかいつまんだところを、いつものように半ばふざけ、半ばばかにしたような口調で話してくれた。

「ラシードは、十八歳のときに、兵隊に拉致《らち》されて軍隊に放り込まれました。まだ兵役年齢に達していなかったし、しかもラシードには兵役を先延ばしにしてもらえる権利もあった。だって、まだ小さい妹たちや弟がいたのに、ラシードの親父さんはすっかり耄碌《もうろく》しちまって、ラシードがみんなを養わなくちゃいけない唯一の男手だったからです。だけど、村の長老たちは知らんぷりして、ラシードに手をさしのべなかった。

　ラシードが兵卒としてヤッフォにいたとき、親父さんが死んで、家族みんなが餓死寸前で苦しんでいるという悪い知らせが届きました。ラシードの胸はキリキリ痛んだ。同僚に年配の男がいましてね。悪事をはたらいてアッコの監獄に送られ、ヤッフォに戻ったばかりの男でした。ラシードは、その年配の男につらい胸の内を訴えた。年配の男は、方々でいろいろ見てきたし、自分でもいろんなことに手を染めてきた、経験豊かな男でした。

　男は、〈右目を突きさすといい、そうすれば軍隊では使いものにならないから、自由にしてもらえて、老いたおっかさんや弟妹の待つ家に帰れる〉と助言しました。

　ラシードは男の話に感じ入って、助言の通りにした。その夜、同僚が持っていた鋭い鋲《びょう》をとって、こっそり隠れて目を突いたんです……ところが、神様が考えを惑わしなすったのか、ラシードは左目を突いちまった。

つぎの日、ことがばれると、ラシードはむち打ちの刑にかけられ、ほんとだったら五年で済むはずのイェーメンでの軍労役が十年に引き延ばされた。そして、年老いたおっかさんと……」と、ムハンマドは話を続けた。

「幼い弟や妹たちは飢えに苦しみました。仕事が見つかることもあったが、ないときも多くて、弟妹の何人かは死んだ。ついには、おっかさんも死んだ。生き残った子どもたちはあっちこっち散りぢりになって、だれも行方を知りません。

ラシードの親父さんの持ち分だった土地は、耕されないまま放ったらかしにされてました。借地人が税金を取り立てにくると、シャイフ〔部族の長〕たちは父親の家を売って税金にあて、土地はちゃんと耕作してくれそうな他の人間に与えた。

二年前、ラシードは村に帰ってきました。十年間の軍隊での労役を終えてのことでしたが、村にはおっかさんも弟妹も、だれもいなかった。親父さんが残してくれたはずの家も、親父さんの持ち分だった土地もなかった……」

わたしは驚愕《きょうがく》した。

「ほんの二年前に、ラシードは軍隊を終えて戻ってきたって?」

「はい」ラシードがいった。「十年間、軍隊で働き、二年間、こうして村におります」

「軍隊に入ったときは、いくつでしたか?」

「十八歳でした」

「いまは、おいくつです?」

「三十歳か、三十一歳か……」

「ひどい」わたしは心のなかで叫んだ。

六十歳だとばかり思っていたのだ。

ラシードは、わたしの思いを読みとったようにいった。

「年はそれほど取っていないのですが、つらいことばかり多くて……」

かたわらを歩く男を、わたしは深い同情をもってながめた。わたしは打ちのめされた。いま耳にしたことども、目にした男の顔の無惨な印象に、わたしは意気消沈してしまっていた。

「それで、いまはどうしているのですか?」

「村に戻ると、長老たちが気の毒がって、親父の持ち分の土地を返してくれました。だがもう、わしは耕したり種をまいたりはできないので、その土地を担保にしてハッティー・ジャブラーから金を借りてラクダを買い、いまはそのラクダでモシャバから仕事をもらっています。葡萄《ぶどう》や肥やしを運んだり、船から降ろした荷物をヤッフォから運んだりしてます。アルハムド・リッラーおかげさまで」

「ハッティー・ジャブラーからいくら借りたんです？」

「二百フラン」

「で、返済が終わるのはいつですか？」

「一生終わりません。そのうち、土地はハッティー・ジャブラーに取りあげられてしまうでしょう。それが、あいつらのやりくちなんです。そういう仕打ちを受けるのは、なにも、わしが最初で最後ってわけじゃない……」

「利息はいくら払ってるんですか？」

「週に二フラン」

「週に？　それで、稼ぎは？」

「さあ。数字には強くないから……。十年間、スルタンのために働き、これからずっとハッティー・ジャブラーのために働く。すべて、神の思し召しのままです、ハッジ・ムーサー……」

ハッジ・イブラヒーム

1

地中海に面したナフタリの丘の岩地にベント・アル・ジュバイルという小さな町があった。その土地の人々は山の澄んだ空気を吸い、泉の水をのみ、そのせいか、みな健康で、鉄のように丈夫だった。

土地の人々は、町をかこむ丘の谷間に葡萄《ぶどう》や無花果《いちじく》を植え、熟した葡萄《ぶどう》や無花果《いちじく》をラクダのこぶやロバやラバの背に積んで、ヨルダン川を越え、広々とした野を通って小麦や大麦と物々交換し、物々交換で得た穀類を山のように積んで戻ってきた。その積み荷が、彼らと家畜たちのまる一年の食糧になった。

町には水曜日ごとに市《いち》がたち、近辺の農民やベドウィン、ドルーズ族の人々が水曜日ごとにやってきては商いをし、買い物をした。市日にはあたり一帯からおおぜいの人々がベント・アル・ジュバイルをおとずれた。市《いち》に運びこまれる穀類や果実や野菜はあふれんばかりに数多く、さまざまな商品が豊富に集まり、家畜類も数えきれないほど運びこまれて売られた。市《いち》には、周辺の地区はもとより、遠いハイファやアッコ、ツファットやティベリア、ティールやシドンからの商品もならべられて売り買いされた。ベント・アル・ジュバイルは、あたり一帯から乳を吸ってうるおい、あたり一帯に乳をやってうるおしていた。

丘の人々は、ベント・アル・ジュバイルの水曜市を見ないと、市《いち》を見たとはいえない、というのだった。

イブラヒームはベント・アル・ジュバイルに生まれて育った。学校にかようのが大好きで読み書きに秀でた、近隣に類をみない少年だった。いつも人にやさしく接し、まろやかでおだやかな——少女のような心の持ち主だった。そんなおだやかな性格にもかかわらず、鉄のようにがっしりした体格で、弱い者やいじめられっ子をいつも乱暴者からかばっていた。

イブラヒームは信心深く、金曜日を祈りの日として守った。年よりたちといっしょに宗教のしきたりを守り、決められた祈りをきちんと祈った。市場や商人たちの影響をうけて宗教行事を軽んじたり不品行をかさねている若者たちと、年ごろになってつきあいだすと――友だちになった若者たちは、イブラヒームの信心深さや控えめさをばかにしてからかった。若者たちが軽々しく女の話をすると、慎み深いイブラヒームは憤《いきどお》った。市《いち》のたつ日にはエジプト女たちが平野の粉ひき場で踊ったが、イブラヒームは見物しようとしなかった。若者たちは「イブラヒームの心臓には、男の心が宿っていない」と冷やかした。

イブラヒームは世の中のすべてを愛し、日々の暮らしに苦しむ気の毒な人々や生きものに広く心をひらいていた。しかし、憎しみの感情もイブラヒームは知っていた。武力を憎み、「兵隊たち」を町中で見かけると激昂《げきこう》した。「兵隊たち」が貧しい人から羊《ひつじ》をうばい、農民から牛を強奪すると、仕返ししようとあばれて友だちや親戚《しんせき》の者におさえられるのだった。

十八歳になると、イブラヒームは町の年よりたちといっしょにメッカに詣《もう》でた。頭に緑のフェルト帽《リブダ》をかぶって帰還し、以来、人々から尊敬をこめてハッジ・イブラヒームと呼ばれるようになった。

メッカから戻ったイブラヒームはいつもの決まった祈り、日の出や昼や夕刻の祈りのほかに、人々が寝静まった夜半過ぎに野に出ては、自分だけの祈りを岩山のうえで全霊をこめてささげるようになった。イブラヒームは、地上から悪を絶やし、人間の心から悪を取り払ってください、地上から武力がなくなりますように、と祈った。

あるとき、イブラヒームは町からはるか遠くまでさまよい出て、岩地にすわって瞑想《めいそう》に耽《ふけ》っていた。清澄な夜だった。煌々《こうこう》たる月明かりが山々や岩地を照らしていた。不思議な影が山頂から平野にながれ、あたり一面が聖なる不思議に満ちていた。と、イブラヒームの耳に悲鳴がとどいた。助けを求める叫び声だった。

「サーアド・ニー、ヤ・ナース、サーアド・ニー！　助けて、みんな、助けてくれ！」

悲鳴は広大な静けさに呑みこまれていった。

イブラヒームはアッコに向かう本道にいそいだ。そして、十字路でうろたえ騒いでいる農夫の一団に出会った。口々に農夫たちは、市《いち》に出す羊と雄牛の群れを連れていたベラヒーヤ村の分限者《ぶげんしゃ》ハムダーンが夜盗の一味に襲われたとイブラヒームに告げた。叫び声をきいて、野で番をしていた羊飼いたちが駆けつけて夜盗を追い払ったという。イブラヒームのするどい目が、遠い山の斜面を駆けくだる馬影をみとめた。遠目に、その影は美しかった……。

イブラヒームはがやがやと騒々しい一団に目を戻し、いきなり、いままで見たこともないものを見つけて呆然《ぼうぜん》とした。昂奮《こうふん》して声高にしゃべる偉丈夫なハムダーンのがっしりした肩のうしろから、大きめの白いヴェールを肩まですっぽりかぶった顔と、まん丸の大きな黒い目がのぞいていた。こわごわと大きくみはった目が、もの珍しげにイブラヒームを見つめている。イブラヒームは、いまだかつて味わったことのないざわめきをおぼえた。なにやら、いきなり胸にほころびができたみたいで……さっきまで瞑想に耽《ふけ》っていた岩に戻っても、しばらくは白いヴェールを追うのだった。

市《いち》を好まないハッジ・イブラヒームは、市日の水曜日も、ほかの日のように父親の広大な無花果《いちじく》畑で働くのがつねだった。

だから友人たちは、市《いち》をうろうろ歩きまわるハッジ・イブラヒームをみつけておどろいた。市《いち》のなかで、イブラヒームは遠くからやってきたユダヤ教改宗者みたいに左右に目をやっては、なにかを探す風情だった。

背がすらりと高く、黒い目に形よいまっすぐの鼻、小ぶりの黒い口ひげと、あごにもかすかに黒いひげをたくわえた、無邪気さと聡明さの両方をたたえた表情のハッジ・イブラヒームは、物腰も機敏だった。蜂の巣をつついたような喧噪《けんそう》で沸きかえった市《いち》の人込みを、しゃんと背筋をのばした端麗な容姿のハッジ・イブラヒームがあっちにこっちに動くと、衆目《しゅうもく》が集まった。

食べ物屋では、食卓のうしろで牛や羊を屠《ほふ》り、その場で皮をはいで肉を切っている。その肉をすぐ金串《かなぐし》にさして熾火《おきび》であぶり、あぶり肉はおおぜいの客にたちまち売りさばかれていく。客は立ったままだったり、地べたに座りこんだりして、手にしたあぶり肉をむさぼる。熱い血が足もとに滴《したた》りおち、脂の滴りが火に落ちてパチパチと火勢をあげる……。

かたわらの地面には、さまざまな野菜や果物が山のように積まれている。果物の山と山のあいだには、食べちらした果物の皮が散らばり、その隣には陶器や素焼きの壺《つぼ》、銅製の入れ物、フライパンなど……いろんなものがごたまぜにならんでいる。

布製テントのなかでは〈町からきた商人たち〉が座りこんで、織物や巻き布を商っている。テントには布や織物の束が積みあげられ、地面にも広げられている。

家畜の市《いち》もたっている。家畜市の喧噪《けんそう》はほかの売り場の倍で、天までとどきそうなほどに叫び声がやかましい。遠くからだと、人間と家畜が乱闘騒ぎを繰り広げているようにさえ見える。

それにまた、市《いち》に集まってくる人々は、顔つきも衣服も言語《ことば》もさまざまである。

北の方のヘルモンやレバノン山地に住むドルーズ族は、てっぺんが赤くて下のほうに白布を巻いた円筒型の帽子をかぶり、腰のあたりはゆったりしているが、裾《すそ》にいくほど細身のズボンをはいている。彼らの陰鬱《いんうつ》な目もとには、奪われたものたちの憤りや抑えた怒りのようなものが透けて見えている。

そして、メトゥーラの農夫たち。この地の文化で育った、家作をもつ者のおだやかでのどかな顔つきで、女性の衣装みたいに幅広のズボンに、胸部がぴったりしたチョッキを着ている。女たちはヴェールで顔を隠さず、細身のズボンにチョッキをつけ、そのチョッキの真ん中、ちょうど心臓のうえあたりに小さな胸ポケットをつけている。娘たちは恥じらいをふくんだ美しさと愛らしさを象徴し、女たちは肥《ふと》って不格好である。

そして、山地の人々は農民のアバーヤ〔長衣〕をまとい、ベドウィンのクーフィーヤ〔砂塵や暑熱を防ぐために頭にかぶる四角い布〕をかぶってイカール〔クーフィーヤを留める輪〕で留めている。山地の人々は、軍隊から「重荷」を課せられたせいで陰鬱になり、鬱屈《うっくつ》した精神と荒々しさを表情にひそめている。

「谷に住む農夫たちは、幅の広い、まるで屋根を頭にのせたみたいに大きなターバンを巻き、黒く日焼けしたきびしい顔をしている。税金の重荷に堪えかねたように背は折れまがり、アバーヤは白黒の縦縞模様の粗末な厚手毛織りである。

人群れのなかでもすぐれて目立つのは、たっぷりとした幅広の黒いアバーヤを見事な肢《し》体《たい》にそわせて流れるようにまとい、頭に白いクーフィーヤをかぶって黒いイカールで留めたベドウィンだ。彼らは、得もいわれぬ品性と民族性と寛容をただよわせている。

背の高いキリスト教の宣教師が黒い帽子の下に黒い長髪をたらし、かかとまでとどく長い衣をまとって、きびしい面立ちで人込みにとびこみ、自分の責務を果たそうとしてなのか、忙しそうに人垣を押しわけて歩いては、通りすがりの人になにやら話しかけている。

ツファットやティベリアから市《いち》にきたユダヤ人たちはアラブ衣装に身をかためているが、顔の両脇にたらした巻き毛が彼らの〈出自《しゅつじ》〉を語っている。

農産物をならべて売っている農夫たちの間を町の商人が行きかっている。彼らはアッコやハイファからきたキリスト教徒アラブ人の商人たちで、なかば中東風、なかば西洋風の身ごしらえをしている。彼らは、ある種の図々しさと抜け目なさを顔に浮かべ、多種の商いを敏捷《びんしょう》な身のこなしでくり広げ、それが彼らの商売熱心さを物語っている。彼らこそが、まさに市《いち》を活気づけている存在だった。彼らが市《いち》の流儀を生みだし、彼らが市《いち》のなかに非合法を持ち込んでいた。

市《いち》の商売人のなかには大工もいて、自分でものを作っては売っている。鍛冶屋も店を広げて、〈すばやく、短時間に〉ものを作ったり、修理したりしている。

イブラヒームの心は市《いち》の喧噪にひかれはしなかった。目のまわりに塗ったコハールの黒が濃いエジプト女たちに厚かましく笑いかけられても、目をやることさえなかった。ほかの瞳をイブラヒームの心は求め……そして、それを見つけると――しばらく立ち止まって、分限者のハムダーンと、ハイファの無花果《いちじく》の値やベラヒーヤ村の魚の値段を交渉しながら、父親の背に顔を隠してしまった恥ずかしがりやの娘をじっと見つめた。一度だけ、娘はこっそり顔をあげてイブラヒームを見た――井戸のように深い漆黒《しっこく》のまなざしが、イブラヒームの心を射た。懼《おそ》れと好奇心ないまぜのまなざし、罠《わな》に落ちたシカのまなざしだった。

その場を去ってしばらくしてイブラヒームがふり返ると、娘はナツメヤシの幹のようにすっくと立っていた。

2

アッコの丘の斜面に小さな村があった。

村の名はベラヒーヤ。

なぜ、ベラヒーヤと呼ばれるようになったのか？　アラビア語でナツメヤシをバラハという。村には見事なナツメヤシが一本あって、村の名はそのナツメヤシにちなんでつけられたのだった。

ナツメヤシの木は、丘のふもと、村の墓地のかたわらにそびえていた。がっしりと丈高く、幹も太くて、てっぺんは巨大な帽子のように広がり、村じゅうがその影にすっぽりくるまって見えた。谷に立って東をのぞむと、すぐナツメヤシの木に気がつくはずである。そして、そのナツメヤシのてっぺんにのぼれば、造物主のつくりたもうた世界の半分が目の前に拡がるはずだ。造物主のつくりたもうた世界は麗《うるわ》しく、ナツメヤシの頂上からその世界をながめると……ナツメヤシにまさり、その世界より麗《うるわ》しいのは、分限者のハムダーンの娘、ラジーヤだった。

ラジーヤはナツメヤシのようにすっきりと丈高い娘で、背筋がしゃんとのび、水滴を浴びて育った木のごとくにみずみずしかった。何にもまして美しいのは目だった。深淵のようにに深くて黒い、大きく見はった目は造物主のつくりたもうた世界をはじめて目にしたというふうで、瞳は世界への懼《おそ》れとおどろきをひそめて、なんとなく謎めいた雰囲気と愛くるしさを醸《かも》しだしている。

ラジーヤが水の壺《つぼ》を頭にのせて、井戸から父親の館のある丘のうえまでのぼっていくと、あたりにいる人々は、「ナツメヤシとこの娘と、どっちが果たして美しいのだろう」とつぶやきながら、魅せられたようにラジーヤを見つめるのだった。

かてて加えて、ラジーヤの父親のハムダーンは金持ちだった。ハムダーンは、ベラヒーヤ村の農民たち、それに谷の農夫たちの財産をも手中におさめていたし、山地の農夫たちにも手をのばしていた。彼らはみなハムダーンに借金があり、全員が、彼の奴隷ともいえた。土地、家畜、家財のすべて、そして彼ら自身がハムダーンのものだった。おまけにハムダーンは吝嗇《けち》でしみったれで、鉄のように硬くてきつい性格をしていた。自分の網にかかった農夫たちの血をサソリのように吸った。彼は土地持ちで、土地の権利主張者であり、その土地の人々に金を貸していた。いずれ、いつの日か、ハムダーンがこの谷を征服するだろうとおおかたが予想していた。ハムダーン自身もたしかに、そうあれかしと心の奥底で望んでいた。そして、あたりに住みはじめたキリスト教徒のドイツ人たちの入念な仕事ぶりを見ては、谷の土地と農夫たちがぜんぶ自分のものになったら、自分も彼らのようにきちんと相応な仕事をしようと思うのだった。

ハムダーンの心は愛も憐《あわ》れみも知らなかった。自分の妻や子どもまで、冷酷に叩きのめして平気な男だった。息子たちは父親の癇癪《かんしゃく》をおそれて逃げだし、パンを求めて遠隔の地で働き、さすらっていた。

ハムダーンの心に近しいのは、一つの魂だけ——娘のラジーヤだけだった。ハムダーンのいるところには、必ずラジーヤがいたし、ハムダーンのいくところには、ラジーヤがつきそっていた。ハムダーンは娘のラジーヤだけは叩かなかったし、娘の髪の毛を一本たりとも粗末にしなかった。彼の娘に対する愛は、罪のつぐない、彼女を生んだ母である妻への贖罪《しょくざい》だ、といわれていた。

ハムダーンはラジーヤの母親をたいそう愛していた。その最愛の妻に男児を産んでほしい、産んでくれたら、その男児に自分の名も財産も名誉もすべて嗣《つ》がせようと望んでいた。望みも空しく、生まれてきたのは女児だった。ハムダーンは憤怒のあまり妻を叩きのめし、殴りつけた。それがもとで妻は病がちになり、ついには病死してしまった。

　ハムダーンは、妻の遺骸《いがい》をナツメヤシの木の根かたに埋めた。


　ハムダーンが、ベント・アル・ジュバイルのハッジ・イブラヒームと娘のラジーヤとの婚約を祝ってもよおした宴《うたげ》は、造物主がアッコの谷をつくられてこのかた、いっとう見事な宴だ、と年よりたちが口々にほめそやすほどの豪勢さだった。ベント・アル・ジュバイルの顔役や名士たちが宴におとずれた。アッコの谷に点在する村々は、花嫁花婿の前でのファンタージア〔詩や踊り、騎馬競走や火器を用いた伝統的なアラブの祝祭〕で、馬術演技を披露したり、踊ったりできる若者たちを選んで送りこんだ。

　ハムダーンの宴はいまだかつてないほど豪奢《ごうしゃ》で、宴のために肥えた羊《ひつじ》や牛が何頭も屠《ほふ》られ、上等な油の壺がいくつも開けられた。ハイファからは、旦那衆《エフェンディ》の食卓にしかのぼらない米や砂糖が運ばれてきた。

三日三晩、客たちは美味を堪能《たんのう》した。三日三晩、馬はいっときも休まず、銃声が鳴りやむこともなかった。谷の馬術選抜者に対する山の馬術選抜者の試合だった。馬の疾駆する音があたりにとどろき、その熱狂ぶりは、部族内の血をみる喧嘩《けんか》に発展しかねないほどだった。

ハムダーンはこの上なく上機嫌だった。いずれ娘婿は財産を受け継いでくれるだろう、自分が築きあげた仕事を継承し拡張してくれるだろうと思った。ベント・アル・ジュバイルの顔役や名士たちは、きっと、イブラヒームはこれからは毎年メッカに巡礼するだろうし、いつかは聖人に列せられるだろう、カーディー〔イスラム法の裁判官〕にだってなるかもしれん、そうなったら、わが町にとっても名誉なことだと思った。イブラヒームとラジーヤはなにも考えていなかった……二人は、遠くから互いをみやるだけだった。それだけで、二人の胸は喜びとしあわせにあふれた。二人の胸はいいことばかりを予言してくれた……しかし、ハムダーンの思いも、ベント・アル・ジュバイルの名士たちの思いも、そしてまたイブラヒームとラジーヤの希望も、かなうことはなかった。

それより数年前、英国のさる会社がハイファとダマスカスをつなぐ鉄道を敷設しようと目論《もくろ》んで、エンジニアたちがあちこちの道路をくまなく測量してまわったことがあった。そのとき、ベラヒーヤ村の墓地の近くを鉄道が通る、そうなると辺りの木々はぜんぶ伐採される、もちろんナツメヤシの木もひき抜かれる、と噂《うわさ》がとびかった。噂にベラヒーヤ村の人々はおびえた。ハムダーンは噂を伝え聞いて、自分の胸にいいきかせた。「心付け《バクシーシ》」をやればどうってことはない。土地も取られないし、ナツメヤシの木もひき抜かれないさ。しばらくするうち、測量は中止になり、噂も立ち消えになった。

ところが最近また、ハイファから人が訪れだすようになった。そのなかには当局の役人もまじっていて、ハムダーンに挨拶《あいさつ》にきて鉄道を話題にしたので、ハムダーンはいささか不安をおぼえはじめた。

婚約の宴が終わると、ハムダーンはハイファに出かけて何日か過ごしたが、憤慨し、苛《いら》立《だ》ってもどってきた。

軍当局の権限によって鉄道敷設工事がいよいよ開始されると告げられたのだ。鉄道はベラヒーヤ村の墓地のそばを通る予定であり、そこ以外にほかに道はないそうで、それよりなにより悪いことに、土地のお役所には良きにつけ悪しきにつけ、軍当局の決定を左右する権限がない、とわかったのだ。すべては軍長官のパシャとしてやってくるドイツ人次第ということだった。ハムダーンは落胆した。生まれてはじめて、バクシーシの威力に疑念を持たざるを得ない仕儀にいたったのだった。それでも軍長官の到来を聞きつけると、袖《そで》の下を惜しまず用意してハイファにいそいだ。長官に面会して用意したものをさしだし……なんとも恥ずかしいことに、つまみ出されてしまった。

鉄道敷設工事は開始されると、着実に進行していった。鉄道は日に日に長さをのばし、おそろしい〈怪物〉のようにベラヒーヤ村に近づいていった。

ある日、武装した軍関係者と労働者の一団がベラヒーヤ村にやってきた。土地を測り、道をならし、掘り、根こそぎにしはじめ、ついにナツメヤシの木にも斧《おの》が入った。

その日、ハムダーンは錯乱した。彼と村人たちは遠巻きに、破壊行為をみつめていたのだが、斧がナツメヤシの木に触れたとたん、ハムダーンは狂ったように労働者にとびついて蹴《け》りはらい、駆けつけた役人にまで殴りかかった。それでも怒りはおさまらず、とうとう出動した兵士に滅多打ちにされて捕らえられ、ハイファに送られてしまった……。

軍関係者とよそ者の労働者たちはベラヒーヤ村に散って、ニワトリや羊を殺し、大麦を盗んで自分たちの馬の餌にし、家々を荒らしまわった。ハムダーンの家は荒らされ放題だった。軍の男とよそ者の労働者たちはハムダーンの愛娘《まなむすめ》を見つけると、ドイツ人のエンジニアのもとに連れていき、エンジニアは娘をほしいままにした。

その次の日、おそろしい噂がまたたくまにあたり一帯に拡まり、ベント・アル・ジュバイルにもとどいた。噂を耳にしたハッジ・イブラヒームは、きっと作り話にちがいないと思いつつも、馬に飛び乗ってベラヒーヤ村にいそいだ。村に着いたのは、すでに夕刻近かった。ハムダーンの家にいくと、目をそむけたくなるような惨状がくり拡げられていた。片隅に屍《しかばね》のように投げ出されたラジーヤが見えた。いきなり、イブラヒームは悲劇の大きさに気づいた。顔が死人のように白茶けた。脳裏におそろしい光景が浮かび、目に異様な炎が燃えあがった。

イブラヒームはラジーヤのそばにいき、熱を帯びた目で声をかけた。

「おいで、わたしといっしょに来るんだ！」

ラジーヤは身を起こすと、なぜなのか、どこにいくのかもわからないまま立ちあがって、なにもいわずにイブラヒームのあとにしたがった。

家にはだれもいなかったし、二人の出入りを見ている目は一つもなかった。村の裏手でイブラヒームが立ち止まると、ラジーヤも立ち止まった。娘は死刑を宣告されたみたいにうつむいて、身じろぎひとつしなかった。胸の奥底から洩《も》れたような重い溜め息が、かすかに聞こえた。

イブラヒームはたたずんだまま、炎の燃えさかる視線をしばらくはずさなかった。

「ラジーヤ、イブラヒームの声にしたがうんだよ。君は、死ななくちゃ、いけない」

彼女は黙していた。

「死だけが、君の恥辱をあがなってくれる」

彼女は黙したままだった。

「山の中の洞窟に君の墓をつくろう。だれにも永久に、君が見つからないように」

それでも、なお彼女は黙していた。

月のない夜だった。すべてが死に絶えたように、重苦しい闇につつまれていた。静寂が、はっと、震えた。ひそやかな発射音。ピストルの音がし、つぐんだままの口もとから、溜め息をかすかに洩らしてラジーヤは倒れた。

イブラヒームは愛する者の屍《しかばね》を肩にかついで、谷地を越え、山地に向かい、岩のあいだをのぼった。イブラヒームの心はきりきりと痛んだ。胸のなかで燃えさかっていた炎が消え、心がいきなり灰になってしまった。はげしく重苦しい哀悼《あいとう》の思いでイブラヒームの魂は砕《くだ》けた。あたり一帯が、その魂の砕け散るのを悼んだ。空がむせび泣き、星々が震え、夜が慟哭《どうこく》し、深淵《しんえん》から嘆きがひびいた。

大きな岩山にイブラヒームはのぼっていった。その岩の下に暗くて深い洞窟《どうくつ》の裂け目がある。イブラヒームは一瞬ひるみ……気を取りなおしてあたりを見まわし、なにごとかつぶやいた。罵《ののし》りだったのか、祝福だったのか――だれに、わかろう。

ふたたび静寂が破られた。死のような静寂を破って、叩きつける音やものをひきずる音や石をつぎつぎに投げ入れる音がこだました。気味悪い、まがまがしい音だった――そして、朝陽がカルメル山を染め、死人そっくりのイブラヒームの顔を照らしだした。うつむいて座りこんだイブラヒームの目は、足もとにぽっかりあいた深淵を凝視していた。

3

ハイファやその近辺でおぞましい噂が流れはじめた。アッコとナザレをつなぐ道やハイファとツファットの間で殺戮《さつりく》や強奪事件があいついでいる、それまで長年あったこともない、見たこともないようなひどい事件だ、と。とくに鉄道敷設事業を指揮している役人たちに被害が続出した。夕刻前、ベラヒーヤ村の近くを通りかかった役人の一人、ドイツ人のエンジニアが、盗賊にとつぜん襲われて撃たれ、やぶのあいだに倒れたきり二度と起きあがらなかった。数日後、エンジニアの助手たちも殺された。当局は、ベラヒーヤの村人たちの仕業と疑って軍隊を送りこんだ。送りこまれた兵士たちは乱暴狼藉《らんぼうろうぜき》の末に、ベラヒーヤ村の男たちを全員捕まえて獄につないだ。それでもなお、往来での略奪《りゃくだつ》や殺戮《さつりく》はやまなかった。

ハッジ・イブラヒームの名が、あちこちで、恐怖と懸念と不安にかられた人々の口の端《は》にのぼるようになった。荒くれた盗賊の一味をハッジ・イブラヒームがみごとに統率している。だが、盗賊たちの隠れ家も出没する場所も時もわからない。まるで彼らは地面から湧いて出てくるみたいで、あっちにあらわれたかと思うと、今度はこっちにあらわれ、出現しては消えてしまう、というものだった。

政府はあたり一帯に武装兵士を配備し、一味の形跡を見つけた者にはバクシーシを約束した。しかし、すべて徒労に終わった。盗賊たちを探索して山地に分けいった兵士の大半はもどってこなかった。かわりに、兵士たちの死体が見つかった。

しばらく盗賊が出没しないこともあり、そんなときは遠いヘブロンやエルサレムから震《しん》慄《りつ》する噂がとどいた。どこでも、強奪の対象は政府の役人だった。

盗賊一味について、うるわしい話も拡まった。夜間に女子どもを乗せた馬車にあっても、ハッジ・イブラヒームの一味は手を出さない。それどころか、彼らを安全な場所まで送りとどける。旅人たちに、物を与えることだってある、というものだった。

こんな話も拡まっていった。人里離れた山あいの村々では、ハッジ・イブラヒームに、一味が蓄えた金で村を助けてほしいと頼む人々もいたが、ハッジは依頼に応じたという。むごい地主や専制君主の近従たちの圧迫から救いだしてくれ、貧しい人々から頼まれると、ハッジは否《いな》やをいわずに救い出してくれるというのだった。

ほかに、ハッジは幼い羊飼いたちが好きだという噂もあった。ときには、盗賊の一味から離れて、山地の羊の群にいき、羊飼いたちの仕事を手伝ったり、彼らを圧制者から守っているという話だった。

ハッジ・イブラヒームの名は、貧しい人々のあいだに好ましいものとして拡まっていった。そのいっぽう、町や往来の見張りたちには忌《い》むべき名となり、当局にとってはまったき憎悪の対象となって、「ハッジ・イブラヒームの首をとどけた者には報奨金《ほしょうきん》として、金貨百ポンドを与える」というビラがそこらじゅうに貼《は》りだされた。

だが、首をとどける者はいなかった。盗賊に果たし合いを挑んで首を手に入れようという勇敢な兵士、あるいは高額の報奨金に惹《ひ》かれた兵士たちが、ハッジ・イブラヒームの首を求めて山地に分け入っても、首の主は見つからなかった。かわりに、兵士たちの首が山中に残された――。

盗賊になったハッジ・イブラヒームには、もう、ベント・アル・ジュバイルの青年期の端麗《たんれい》な面影はみとめられなかった。青白い顔にほお骨が浮きでて、身の丈にあまる黒々としたひげは大きく四角に刈りこまれ、ひたいには深いしわが目立ち、目には不思議な炎が燃えていた。永遠の熱病にとりつかれているようなまなざしだった。その手が水のごとくに血を流したことを、まなざしが語っていた。

カルメル山の岩地をくだって以来、イブラヒームはベラヒーヤ村にもベント・アル・ジュバイルにも足を向けなかった。カルメル山に顔を向けたままだった。

仲間はイブラヒームが大好きで、彼を大事にし、彼の意志に反することはぜったいしなかったが、それでも彼はいつも謎めいていて、心が読めなかった。心を開いて話をし、仲良くうち解けるときもある。そういうときは、なんでも包み隠さずぶちまける。仲間はそういうイブラヒームが好きで、うれしくて、彼の顔にも満足なようすが見てとれるのだった。

なのに、ふいに心を閉ざしてしまう。そんなとき、表情はじっとりした雲におおわれ、瞳には炎が燃えさかった。そういう日々には、イブラヒームは死の沈黙のなかで過ごすばかりで、話しかけられても応じなかった。だれにも会わず、仲間からも離れて一人きりになった。一日じゅう歩きまわったり、丸太ん棒のように地べたに転がっていたりする。気

分もころころと変わった。

仲間から離れて完全に姿を消し、だれにも居場所がわからなくなると、仲間はばらばらに分散するか、手をこまねいたままますごすかで、あたり一帯はほっとひと息つくのだった。しかし、ハッジ・イブラヒームがもどってくると、仲間はまた結束して〈作戦〉に出かけていき、あたりはまた騒然となった。


ハッジ・イブラヒームがどこに出かけていき、どこで一人で過ごすのか——仲間でさえ知らなかった。ハッジともっとも親しい男が思いきってあとをつけたことがあったが、怒鳴りつけられて、足もともおぼつかなくなってもどってきた。カルメル山地の岩のあいだの裂け目だけが、彼の孤独と深淵に葬られた秘密の証人だった……。

孤独のひとときから帰還すると、そのたびに残酷さは度を増し、ハッジ・イブラヒームは憐憫《れいびん》ひとつ見せず獲物に襲いかかっていった。そのたびに心は石に変わっていき、哀願に耳を貸すことも、涙にふりむくこともなかった。

ハッジ・イブラヒームは勇猛果敢な英雄だった。死と遭遇《そうぐう》することも一再ならずあったが、どんな事態におかれても、彼は口もとに笑みを浮かべて銃や矢に立ちむかっていった。目のはしで周囲を見やり、追っ手を察知した。兵士の銃弾もハッジ・イブラヒームには当たらなかった。ハッジ・イブラヒームは魔法使いだ、と噂が拡まった。人間とはとても思えない、と。

あるとき、ナザレ近くの山で、ハッジ・イブラヒームは羊飼いたちとゆっくり過ごしていた。ハッジが洞窟に横になっていると人声がした。ハッジが起きあがって半裸のまま外に出てみると、羊飼いが農夫に殴られている。そばにいくと、羊飼いがハッジの鉄砲を盗みだし、その鉄砲を農夫が見つけたからだ、とわかったので、ハッジは二人のあいだに割ってはいった。

怒った農夫が、いきなり剣を抜いて、ハッジ・イブラヒームの胸を刺した。

不意をつかれて、ハッジ・イブラヒームはどうーっと地面に倒れた。

たちまち、血だまりができた。

羊飼いはうろたえて、金切り声をあげた。

「この人は、ハッジ・イブラヒームだぞ！」

金切り声に農夫はぎょっとして、命からがら逃げだした。

羊飼いは政府の動向を知っていたし、兵士の知りあいがナザレにいた。羊飼いは兵士のもとに走って、ことの次第を伝えた。兵士が駆けつけると、イブラヒームはまだ生きていた。

イブラヒームは朦朧《もうろう》としていたが、まだ理性を失わず、果敢さも失っていなかった。兵士を見るとハッジ・イブラヒームは朦朧から醒《さ》め、胸に突き刺さった剣を握りしめた――剣をひき抜いて、身を守ろうとするかのように。

兵士は驚愕《きょうがく》して後じさった……。

銃剣の先に、ハッジ・イブラヒームの血のしたたる首を突き刺し、兵士は後ろもふり返らず、一目散に町に走った。

ハッジ・イブラヒームの首があがったという噂に、アッコの町は歓喜にわいた。ようやく恐怖が去った、と役人たちは安堵《あんど》した。

銃剣に刺さった首が大通りで群衆の前にさらされた。

パシャも、自らの勝利を見ようと玉座を離れた。下品で卑劣《ひれつ》な笑みがパシャの太った顔に浮かんだ。

太鼓の音が聞こえ、祝いの群衆が館《やかた》に近づいてきた――仇敵《かたき》の顔を見ようとふりむいて、その途端、パシャの顔が蒼白になった。

ハッジ・イブラヒームが、まっすぐにらんでいた。ハッジ・イブラヒームの目がその眼《がん》窩《か》で動いた。パシャの心に侵入するつもりだったのだろうか。黒いひげが空に舞いたなびき、いいようのない神々しさがその面に拡がっていた。くちびるが動いているようでもあった。

〈おまえが勝ったのではない、おまえも、おまえの軍隊も。ただの偶然だった。おまえが勝利なんぞ……〉

死んだくちびるがささやいた。

パシャの心はしぼんだ。館のなかに後じさりして姿を消した。

パシャを襲った気分は電流のように群衆に伝わり、町の人々もまたいきなり気分が滅入って、もときた道を恥ずかしげにこそこそと帰っていった。行列はちりぢりになり、早々に祝いは終了したのだった。

訳者あとがき

「死の接吻」のタイトルに、ミステリー好きの方はアイラ・レヴィンの『死の接吻』を瞬間的に思い浮かべられたかもしれません。残念ながら(?)本書は、野心満々の青年や殺人事件とは無縁の、(いや、殺人は起きるのですが、動機が違っています)、伝統や因習をふまえ、懐旧の情に満ちて綴られた、美しい中東の物語です。

本書は、ユダヤ人作家モシェ・スミランスキーがアラブの人々と親しんで、彼らから聞いた話をヘブライ語でまとめた『アラブの人々』(二巻、一九六四年)から、訳者が選んだ九つの作品からなっています。一九〇〇年代はじめ、著者のモシェ・スミランスキーは農業をとおしてアラブの人々と親しみ、アラビア語を学んで彼らの生活・風習をくわしく知るようになり、彼らからハッジ・ムーサー(ヘブライ語ではなまってハバジャ)と慕われていました。スミランスキーは農作業のかたわら、彼らからベドウィンやアラブの風習や復讐譚《たん》、族長たちの話を聞き、それを人間味ゆたかに叙情的に、やさしい語り口で描いたのでした。逃れられない運命を描いた「死の接吻」(「死の接吻」ということばには、死に口づけされたような眠るが如き死、の意味があります)、アラブ版ロミオとジュリエットのような「シャイフの娘」、異教徒であるユダヤ人への秘かな想いが哀切な「ラティーファ」。キリスト教徒の青い瞳に恋した「ラジーブ」、新旧のはざまにとまどう「ハーフィズ」。「アイシャ」は自分の意志を貫いて恋に生きようとする女の姿であり、「ハッジ・イブラヒーム」は信心深いイスラム教徒の復讐譚です。「ラティーファ」と「ラシード老人」に登場する「わたし、語り手」のユダヤ人がモシェ・スミランスキー本人です。ラティーファに想いを寄せられてとまどい、過酷な運命に年齢の倍以上も老けてしまった素朴な男をいたましく見つめる作家。スミランスキーは、民族の枠にとらわれない人だったようです。あとで記すように、偶然のきっかけで自分の作品が公になったわけですが、それまでに、アラブの人々と胸襟《きょうきん》を開いてつきあっていたからこそ、次々と二巻におよぶ作品が生まれたのでしょう。ここでは偏《かたよ》らないよう、おもしろそうなものばかり選んでみました。作品の時代や背景が多少いりくんでややこしいので、かいつまんで説明してみましょう。

まず、作品の時代背景。あのあたり一帯は、一五一七年から第一次世界大戦でオスマン帝国が崩壊する一九一七年までの四百年間、オスマン・トルコ統治下にありました。土地の人々にとってオスマン帝国統治は、重税を課せられるきびしいものでした。「ハッジ・

イブラヒーム」がその様子を端的にあらわしています。「土地のために」はオスマン帝国が崩壊し、英国委任統治が始まった頃です。いずれにしても、「軍隊」はオスマン帝国の軍隊で、土地の人々は兵卒にとられて酷使されたようです。「ハッジ・イブラヒーム」にあるように、掌編群の舞台となっているパレスチナの地は、イスラム教徒アラブ人やキリスト教徒アラブ人はじめ、ユダヤ人やドルーズ族やヨーロッパからきたキリスト教宣教師などがそれぞれに住み分けて、オスマン帝国の重税にあえぎながらものどかに和やかに暮らしていた時代といえましょう。

本書を著したモシェ・スミランスキー（一八七四〜一九五三）は、ウクライナのキエフ郊外の借地農家の生まれで、十七歳のとき単身パレスチナに渡りました。最初は農業学校に入学するつもりでしたが、フランス語が堪能だったために請われてロスチャイルド男爵が経営する葡萄園で働きます。その後、家族と合流し、地中海に面した土地を開拓しはじめるのですが、黄熱病が蔓延《まんえん》し、建設許可もおりず、おまけにコレラに追い打ちをかけられ、伝染病による通行止めで食糧が届かなくなったため、やむなく葡萄園にもどり、しばらく病床につきます。一八九三年、スミランスキーは土地を購入して葡萄とアーモンドを植え、本格的な農業をはじめ、暇をみつけては文学と政治にいそしむようになります。しかし、またも重い病にかかり（病名は不明）、一九〇六年スイスで手術をうけ、その療養の無聊《ぶりょう》の日々に、アラブの人々の暮らしに材をとった作品（「ラティーファ」）をものしました。その作品が、たまたま見舞いにおとずれたイディッシュ新聞の編集者イェヘズケル・ベルテルスマン博士の目にとまり、イディッシュに訳されて新聞に載り、好評を博し、それをヘムダ・ベン・イェフダがイディッシュからヘブライ語に再訳して、エルサレムの新聞に掲載しました。ちなみに、ヘムダ・ベン・イェフダは、日常語としてはほとんど死語に近かったヘブライ語を現代日常語として再生させたエリエゼル・ベン・イェフダの妻です。

ついでながら、イディッシュは中世、中欧・東欧に住んでいたユダヤ人がドイツ語をもとにしてスラブ語やロマンス語、アラム語などを混ぜてつくった民衆のための言語です。耳で聞くとドイツ語に近いのですが、表記にはヘブライ文字を用います。起源が紀元前一〇世紀に遡《さかのぼ》るヘブライ語は、紀元七〇年にユダヤ民族が世界各地に離散してからは、ラテン語のように、「聖なる言葉」として祈りと学問の場で使われ、各地に散ったユダヤ人が集まるときには意志疎通のための共通語としての役目を果たすようになっていました。一九世紀後半、そのヘブライ語に、時代に合う言葉を聖書や膨大な文献を渉猟《しょうりょう》して創りだし新しい言語にしていったのが、エリエゼル・ベン・イェフダです。リトアニアに生まれたベン・イェフダは二十三歳でエルサレムに移り、民族の存立のためには独自の言語が必要であるという持論を立証しようとします。彼のように理想に燃えて移民してきたシオニストたちが彼を支え、積極的に現代ヘブライ語を使いました。モシェ・スミランスキーもその一人でした。本書の登場人物たちが使っているアラビア語（ヘブライ語と同じセム語族）についても記したいのですが、残念ながら訳者の手にあまります。

ところで、スミランスキーの農業をとおしたアラブ社会への理解は抜きんでて深いものでした。当時の、政治的・経済的にアラブの人たちより優位に立とうとするシオニストたちの「労働による征服」の姿勢に、彼自身シオニストでしたが反論し、アラブ人たちを擁護《ようご》して論陣をはるほどだったといわれています。開拓と村づくりに懸命だったロシア系ユダヤ人の視点で綴られているため、ベドウィンのノマド的自由さの描写は少ないようですが、独立戦争（一九四八年）前後のイスラエルの人々、とりわけ子どもたちにスミランスキーの作品が与えた影響は大でした。

本書の九点はそれぞれ独立した掌編です。原書では各編に似かよった名前の登場人物が多く、各編がつながっているような誤解や間違いが生じそうでしたので、東京外語大学アラビア語科非常勤講師の榮谷温子さんに助けていただき、名前が重複しないよう、日本語版ではいくつか名前を変えました。地名やアラビア語についても教授いただきました。ありがとうございました。なにぶんにも時代が古く、スミランスキーが聞き間違えたと思われる箇所は、友人ダリア・イスラエリの助言を得て、わかりやすい言葉に改めました。最後に、廃刊久しいヘブライ語版のコピーを送ってくれ資料を惜しみなく与えてくれた「ヘブライ文学翻訳インスティチュート」のニリ・コーヘン、ハヤ・ホフマン両氏に深く感謝いたします。

二〇〇六年五月

母袋夏生

モシェ・スミランスキー Moshe Smilansky

1874-1953。ウクライナのキエフ郊外に生まれ、17歳でイスラエルに渡る。ロスチャイルド男爵の葡萄園で働いたのち、土地を開墾して農業に従事。シオニストとして青少年文化活動や政治、文学にいそしみ、物語や論文を各紙に書いた。ユダヤ人としてアラブの人々に限りない敬愛を寄せ、農業を通して彼らと親しみ、農事のかたわらアラブの風習や族長たちの話を聞いて綴った連作『アラブの人々』は有名である。

母袋 夏生（もたい なつう）Motai Natsuu

ヘブライ大学文学部修士課程ディプロマ・コース修了。出版社勤務ののち、ヘブライ文学翻訳に専念。主な訳書に『ブルーリア』（国書刊行会）『心の国境をこえて』（さ・え・ら書房）『羽がはえたら』（小峰書店）『砂のゲーム』（岩崎書店）『壁のむこうから来た男』『走れ、走って逃げろ』（岩波書店）など。

死の接吻

二〇〇六年七月　十日　初版第一刷印刷
二〇〇六年七月二十日　初版第一刷発行

著者　モシェ・スミランスキー
訳者　母袋 夏生
切絵　依田 真吾
装丁　野村 浩　N/T WORKS
発行者　森下 紀夫
発行所　論創社
東京都千代田区神田神保町二―二三　北井ビル
電話〇三―三二六四―五二五四　FAX〇三―三二六四―五二三二
振替口座〇〇一六〇―一―一五五二六六
印刷・製本　中央精版印刷
ISBN4-8460-0447-3